오늘

오늘

김소희 장편소설

토담미디어

"삼촌, 우리 아방 왜 죽연! 삼촌, 아방 살려줍써어!"

울먹이던 순영은 테이블 위로 몸을 던졌고 산만한 동막의 먹살을 잡아챘다. 순간이었다.

어처구니없음에 놀라 얼어붙은 동막은 구척장신이 물색해질 만큼 정말 꼼짝도 못했다. 시간이 멈춘 듯했다. 그리고 얼마 후 벌게진 얼굴로 '후드득' 몸서리를 친 동막은 순영에게 달려들었다.

"노망난 미친년이 감히 누굴!"

괴력은 종잇장 같은 순영을 집어던졌다. 얼굴은 벌겋게 불이 된다. 살기의 동막에 비해 한 줌도 되지 않은 순영은 구겨진 종잇장처럼 피투성이가 되었다.

상상도 못 할 일에 놀란 가족들은 붉은 피에 정신을 차렸고 우왕좌왕 움직이기 시작했다. 겨울 한기 가득한 창밖은 시퍼런 바다로 넘쳐났다. 파도는 하얗게 깨어지고 있었다.

contents

『오늘』은 순수 창작소설로써 여기에 나오는 모든 인물과 지명 그리고 에피소드 등 모든 구성은 가상임을 명백히 밝히는 바이다. 단지 우리 대한민국의 시대적 아픔인 제주도 4.3을 배경으로 할 뿐이다.

제주말
똘 ― 딸
아방 ― 아버지
어멍 ― 어머니
시어멍 ― 시어머니
삼촌 ― 삼촌, 아저씨
성 ― 형
고팡 ― 창고
구숙 ― 구석
빌엉 ― 빌려
솔쪽이 ― 살짝이
저추룩 ― 저렇게
독 ― 닭
독새기 ― 달걀
빙아리 ― 병아리
고냉이 ― 고양이
강생이 ― 강아지
물꾸럭 ― 문어
이추룩은 ―이렇게는
데껴불고 ― 제외시켜버리고
나왕 ― 나와서 ＿ 제주어 감수 강민숙

부산말
아지매 ― 아주머니
할마시, 할메 ― 할머니
어무이 ― 어머니
쁘사지나 ― 부서지나
무러오소 ― 먹으러 오세요
꼬롬했다 ― 이상했다
드이소 ― 드세요

오늘

할마시

"아이고 아지매요, 덥은데 말라 또 나왔스예?"

하얀 모시적삼으로 시장에 나타난 순영의 손에는 합죽선이 들려 있다. 거친 걸음은 땀으로 범벅이다. 파리한 모습은 금방이라도 쓰러질 듯하다.

파란 파리채를 퍼덕거리던 청과상 민주는 걱정에 눈을 떼지 못한다. 데려와 평상에 앉혀 냉차라도 대접하고 싶었지만 순영의 황소고집에 그럴 수도 없었다.

더구나 온 동네를 다 헤집고 다니기 시작하고부터는 누가 말이라도 걸라 싶으면 눈을 부라리고 알아듣지도 못할 말을 욕처럼 하는 통에 아무도 건들지 못했다.

순영 걱정에 애가 닳은 민주와는 달리 옆집 고깃간 정미는 하루가 멀다 하고 저러고 다니는 순영 때문에 장사가 안 돼 짜증이다. 그렇지 않아도 복더위로 텅 빈 시장에 가끔 들어차던 손님마저 그러고 다니며 쫓아낸 적이 한두 번이 아니었다. 올해는 더 하는 것 같았다.

"걱정도 팔자다. 복 좋은 할마시를 말라 극정하노! 니 극정이나 해라. 내는 오늘도 파리만 잡다 가게 생겼다이가!"

청과상 파리채를 기어이 뺏은 정미 이마에는 핑크빛 땀방울이 몽글몽글하다. 정미는 빨갛게 달아오른 고기 냉장고를 발로 차며 화풀이다.

일찍 온 오뉴월 더위에 영도 귀퉁이 조만한 시장도 오가는 사람보다 귀찮은 파리 떼가 더 많았다. 청과상 민주의 파리채는 화딱지 난 고깃간처럼 붉으락푸르락했다. 잠시 후 민주와 정미 사이로 끼어든 동네 언니 익순의 빈정거림은 언제나처럼 진심이다.

"아야 그래가 쁘사지나? 고장 나면 니만 손해지! 바보짓 그만하고 여 앉아 봐라."

고깃간과 청과상 사이 쬐깐한 평상에 살집 좋은 엉덩이를 밀어 넣은 익순은 할마시 순영의 오랜 친구였다. 하지만 뭣 때문인지? 언제부턴가 순영 뒷다마에는 그렇게 기를 쓴다.

"저거, 노망 아니다. 다들 속는 기다. 저거 거짓말 선수다. 순진한 니들은 속아도 난 더는 안 속재. 빙신도 아이고한 번 속지 두 번 속나. 체 노망이믄 그 잘난 의사 손지 두고 여태 저러겠나? 벌시, 머래도 했지!"

익순의 속사포는 끝이 없다.

"저거, 저, 허연 거 뻗쳐 입꼬 자랑할라 안그러나! 여 말곤 갈 데도 없서가! 하긴 평생을 여서 뒹굴던 할마시를 누가 알아준다꼬 맞째! 여서나… 어디 가노!"

익순의 투득한 얼굴이 고깃간 냉장고보다 더 빨개지자 언제나처럼 인내에 한계가 온 민주는 줄행랑을 쳤다. 그래도 익순에게는 시장통에서 제일 예뻐라 하는 민주였지만 싹싹하기가 입안의 혀 같고, 무슨 일이든 익순의 편에서 함께 지랄해주던 민주는 순영 일에는 냉정하기만 했다.

항상 그게 못마땅하기는 했지만 그렇다고 민주에게 뭐라 할 수는 없었다. 갈수록 편 들어주던 이가 하나둘 떨어져 나가는 통에 가슴 한쪽이 허전하던 익순에게 민주는 그래도 최고였다.

그런 민주가 오늘은 유달랐다. 아련한 눈길로 자기 뒷꼭지를 따르던 익순 언니의 간절함을 길가 개밥그릇 박살내

듯 가차 없이 깨부수고 말았다.

"아인데, 진짜 노망났다 글카든데! 그래가 맨날 저리 돌아댕기는 거 맞다 안하요. 그리고 언니도 쫌 작작하소. 친구라믄서 와카요 예? 순영 언니 아들 매느리가 극정이 되가, 날이믄 날마다 찾아 댕기는 거 모리나. 핀을 들어줘도 모자랄 판에 으그. 여 앉히가 냉차라도 쫌 주사며 욕하소. 진짜 못땠다."

동네 파출소에서 근무하는 시동생 말까지 옮겨가며 '언니, 언니!' 따르던 자기에게 말대꾸도 모자라 대들기까지 하자 익순은 '기가 차 콧구멍이 둘이니 숨을 쉬지!'라며 열이 뻗쳤다.

"야, 지금 뭐라노! 니, 지금 저거 핀 드는 기가? 햐아, 이쁘다 이쁘다 했더니 어디서 지랄이고! 멋도 모르는기. 어, 죽을래!"

앞에서 뒹굴던 소쿠리를 집어 던지고는 그래도 분이 풀리지 않는지 팔이 늘어나라 삿대질을 해댄다.

"철없는 느그 시동생도 깜빡 속은기다. 말간 얼굴 해가가, 으그 다들 깜빡하고 속은기다! 알기나 하나?"

눈이 튀어나올 것 같이 열을 내던 익순은 분함이 넘쳐

눈물까지 글썽였다.

"내나 되니 느그들 생각 해가 옳은 소리 해주는 것도 모리고, 아구야 내사 억울해 못살것다!"

눈물에 콧물까지 퍼붓던 익순은 남은 분통을 싹싹 긁어 퍼부어댔다. 나이에 비해 한참 큰 키는 긴 다리로 평상을 밟고 서자 어디 장군이라도 행차했나 싶을 정도였다.

옆에서 그 많은 파편을 정통으로 맞은 정미는 슬그머니 고깃간으로 몸을 숨겼고 이쪽으로 오던 길다방 언니야는 오던 길을 되돌아 줄행랑쳤다. 그럼에도 익순의 악다구니는 그칠 줄을 몰랐다. 아니 되려 더 했다.

"저게 그런다. 꼭 약한 척해가 대우받을라꼬, 울메나 응큼한지 아나? 내는 이제 저거 실체 알곤 질리가 말도 안 한다 안 하나!"

말을 끊고 주변을 살피던 익순은 자기 눈치를 보며 슬금슬금 자리를 피하는 이들을 보고는 또 심통이 났다. 어차피 이렇게 된 거 속이라도 싹 비울 요량인지 다시 시작이다.

살집 좋고 장골인 익순이지만 그래도 뽀글거리는 허연 머리에 주름 깊은 노인이다. 하지만 기운 딸려 더는 못할 악다구니를 오늘은 작정한 듯 기를 쓰고 해대고 있었다.

"몇 번이나 약속이고 뭐고 다 어기고 말 막히믄 이상한 말이나 씨브리 싸코! 장난치는 것도 아이고."

얼굴까지 벌겋게 이어지던 악다구니도 결국은 고지에 다다랐고 숨이 목구멍 끝까지 차올라 더는 떠벌이지 못하게 되자 남은 찌꺼기를 평상에 틀어냈다.

"야야, 정미야 냉커피 하나 타온나! 얼음 빡빡 채워가. 어?"

눈치 빠른 민주는 시장통 끝 시원한 은행으로 쏙 들어갔다. 주저하다 발목이 잡힌 정미는 이를 갈며 시커먼 커피 잔에 설탕을 부었다.

어설픈 걸음의 할마시 순영은 그 짧은 시장도 여태 벗어나지 못하고 비틀거리고 있었다.

치매 앓이

"어무이, 어무이!"

녹음에 매미 소리까지 진동하는 뙤약볕, 아들 내외는 오늘도 동네가 떠나가라 외쳤다.

그러기를 한참. 각자 다른 방향으로 길을 잡고 먼저 찾는 사람이 연락하자며 서로 멀어졌다. 그러고도 한참 후 더위에 숨이 턱까지 차오를 때쯤 며느리 현정은 마지막 희망으로 파출소를 향했다. 기다시피 온몸으로 파출소 문을 밀었다.

'벌컥' 파출소 문은 나가떨어지게 젖혀졌다. 현정은 넘어지듯 꼬꾸라졌다.

"안 왔나?"

이미 균형을 잃은 몸으로 넘어지듯 머리를 들이밀었다. 좀 전에서야 순찰하고 들어온 영철은 이미 도착해 있던 짬뽕 국물을 들이키던 차였다. 놀라 마시던 짬뽕 그릇을 내려 놓았다. 벌건 기름기에 영철의 입가가 번들거린다.

"아즈메, 말라 또 왔쓰예? 더운데….."

안타까움을 온 얼굴로 표현한 영철은 오늘도 점심은 글렀다는 걸 알아챘다. 이런 상황에 익숙해진 영철이었다. 안내대 뒤편 나무문이 열리고 늙다리 파출소장 염도가 나왔다.

어수룩한 품새에 날카로운 눈매로 막내 영철을 째렸다. 치약 거품으로 현정을 위로한다. 이젠 현정의 숨 가쁜 목소리만 들려도 무슨 상황인지 알 수 있었다.

"뚭니까? 참말로 마 우리 어무인 기운도 좋다! 으찌 맨날 나가노?"

어벙벙하게 별쳐진 점심상을 치우던 영철에게 서두르라는 눈치를 주고는 위태로워 보이는 현정을 의자에 앉혔다.

"마, 제수씬 집에 가 계시소. 어무인 내가 찾던 윤철이가 찾던 하께예."

염도의 위로도 지금의 현정에게는 들리지 않았다. 대답 대신 눈물만 글썽였다. 그리고 전화벨이 울렸다.

"네, 영도 파출숩니다. 뭐? 진짜? 어? 알았다! 제수씨 집으로 보내게!"

전화기를 내리기 무섭게 마음 편한 미소를 지었다.

"제수씨, 어서 가이소. 어무이 오싰담니더. 마, 오늘도 윤철이 '승'임더. 허허."

그제야 입가 양치 거품을 닦아낸 염도는 박력 있게 냉동칸에서 박카스를 꺼내 현정에게 쥐어주었다. 박카스 냉기가 현정의 몸을 더 움츠리게 했지만 염도의 따뜻함은 두려움에 떨리던 마음을 진정시켜 주었다.

살얼음 박카스는 현정의 손안에서 하얀 냉기를 꾸물거렸다. 동네 파출소 오래된 냉장고는 그냥 찬장밖에 되지 않아 냉동실에나 음료수를 넣어 놓아야 그나마 '앗싸리'한 냉기를 맛볼 수 있었다.

"니, 얼릉 모시고 갔다온나. 짬뽕 새로 시켜놓으께. 탕수육도… 마, 서둘러 가라"

그래도 현정에게는 남편 친구인 자기 보단 영철이 데려다주는 게 편할 거라는 생각에 부리는 값이라 여기고 기마이를 부렸다. 영철도 어차피 하루 이틀 겪는 일도 아닌데다 친구 어머니를 모시는 일이라 당연하다 여기며 현정을 부축했다.

"어서 가입시더. 모시다 드리께예."

복더위에 헤맸을 시어머니가 무사히 돌아왔다는 소식에 안도의 가슴을 쓸다 다리가 풀렸다. 영철의 부축에도 현정의 온몸은 흔들렸다.

치매 진단을 받은 시어머니 순영의 첫해는 의사 말대로 약으로 별 탈 없이 지나갔다. 다음 해도 대충 지났다. 가끔 오줌을 지리고 멍하니 있다, 욕지거리를 하기는 했지만 애교로 봐 줄 정도였고 강단 좋은 현정에게는 한 손으로도 다 해결될 정도였다.

문제는 재작년 늦은 봄부터였다. 어찌 된 건지 약을 먹어도 효과가 없었고 어제, 오늘이 달랐다. 오뉴월 더위가 시작되면서 하루 종일 온 동네를 휘젓고 다니더니 복더위가 오자 다른 동네까지 넘어 다니며 가족들을 벌세웠었다.

밥 대신 더위만 드시는 통에 억지로 링거와 영양제를 맞혔고 힘이 날 때면 포악한 말도 하는 욕쟁이 할머니가 되어갔고 가끔은 알아들을 수도 없는 소리를 쏟아냈다.

"어떵허잰, 무사? 골지맙서예, 몽크랑헨 마씨. 돌코롬허영! 좋수다게⋯."

하루 종일 소리치다 웃다 화내다 결국은 지쳐 쓰러져 깊은 잠에 빠지고 했다. 그럴 때면 여지없이 오줌을 지리셨다.

뜻밖의 소식

여러모로 뜨겁던 여름이 지나고 가을이 되었지만, 이제는 포기다. 라는 마음이 절로 들 만큼 점점 심해지기만 했다.

하지만 겨울 냉기가 돌자 차도를 보이더니 애지중지하며 키워 낸 손자가 올 때쯤엔 거짓말처럼 멀쩡해 보였다. 다시 온순해졌고 입도 고와졌다. 알아들을 수도 없는 말도 더는 하지 않았다.

불쑥 온 아들에 윤철은 의구심이 들었다. 손님처럼 과일 바구니에 식구들 선물까지 챙긴 아들의 두 손이 불안했다.

"할메, 이거 좀 드이소. 할메가 좋아하는 남포동 그 집에서 사 온 거라예."

뜨끈한 붕어빵 봉지를 내밀고 살갑게 비위를 맞추는 아

들의 행동이 기쁘지만은 않았다.

귀한 아들의 귀향 덕에 거한 집밥을 받으면서도 아들의 속내가 궁금해 음식 대신 생각을 곱씹었다. '저놈 뭔 일이 있는데?' 평교사로 정년 퇴임한 늘품 없는 그였지만 첫 자식이고 마음으로는 누구보다 사랑한 아들의 이런 행동을 꿍꿍이 없다 볼 수는 없었다. 그의 눈은 의심의 열정으로 가득 찼다.

저녁 식사가 끝나자 슬그머니 마당으로 나간 윤철은 베란다 구석에 박히듯 놓인 화분을 들추었다. 꼬깃한 담배와 일회용 라이터가 나왔다. 스산한 바람에 담뱃불을 지폈다. 아들이 따라 나왔다. 아들이 옆으로 오자 빨려던 담배를 멈췄다. 불만 붙은 담배가 혼자 타들어 갔고 긴 재는 대롱거렸다.

"그래, 뭔 일이고? 뭔지 말해봐라. 내사 다 안다이가. 니 애빈 모르는 거 없다. 알재?"

차가운 안경 너머 깊어진 눈으로 검푸른 밤하늘만 올려다보던 아들은 대답 대신 연한 헛웃음만 지었다. 의심은 확신으로 치달았다.

'분명 뭔 일이 있다!' 결단코 그냥 올 아들이 아니었다.

한국대 의대 수석 입학이라는 상상도 못 할 기쁨을 영도
와 집안에 던져놓고는 의대 졸업 때까지 단 한 번도 내려
오지 않았었다. 졸업식 날도 가족들과 자장면 하나 달랑
먹고는 바쁘다며 배웅조차 하지 않았었다.

차갑게 자기 할 일만 파고들던 아들이 연락도 없이 왔고
선물이라는 걸 사 왔다. 이건 분명 뇌물이라는 확신이 들
었다.

더구나 서울에 올라가고부터는 전화 통화할 때도 부산
사투리는 쓰지 않았었다. 악착같이 서울말만 썼고 어려운
서울말도 곧잘 했다. 똑똑한 놈이라 그렇다, 생각했었다.
그런데 오자마자 사투리를 진하게도 쓴다. 아양이라도 떠
는 놈처럼 말이다.

아슬하게 매달린 재가 털어지며 마당 돌바닥에 맥없이
흩어졌다. 찬 바람과 맴돌던 재를 발로 부비고 쪼그라든
담배가 아까웠는지 마지막이라 여기며 길게 빨았다.

"엄마 찾기 전에 드가자. 따로 할 말 없제?"

마지막 승부수인 지 엄마를 팔고 돌아서자 아들은 그제
서야 입을 연다.

"아버지예, 저 결혼할라고예."

밥 대신 씹었던 궁리와 고민이 산산이 깨어졌다. 상상도 못 한 말이었다.

윤철은 피우던 담배를 놓쳤고 다시 담뱃갑을 뒤졌다. 텅 비어 있었다.

"니, 담배 안 하재?"

당황함에 윤철은 말도 안 되는 말을 뱉었다.

아들이 담배 같은 걸 피울 리 없다. 자신 같은 모자란 중 늙은이나 냄새나는 그걸 피우지, 차원이 다른 깔끔한 엘리트가? 상상 못 할 일이었다. 말도 안 되는 말을 뱉고도 민망함에 다시 주워 담으려 할 째 아들은 담배 한 갑을 통째로 들이밀었다.

"여, 있어예."

포장도 뜯지 않은 담뱃갑 위에는 비싼 라이터까지 얹혀 있다. 자기 또래의 늙다리 흡연자들이 선망하는 그 라이터다.

"언제부터고?"

"전문의 딸 때 힘들어서 시작했심더."

말 없던 놈이 변명을 한다. '그래 다른 뭔가가 분명 있다!' 생각이 거기까지 들자 쭈뼛 머리털이 섰고 포커페이

슨지 뭔지를 해야겠단 마음이 들었다.

태연한 척 담배 이야기를 이어갔다.

"…, 그래? 괜히 했재! 근데 첨은 그런데, 지나 보면 다 핑계더라!"

아들이 준 담배 대신 폐부까지 마당 가득한 냉기를 마셨다. 찌릿함이 올라왔다. 그리고 말을 바꾸었다. 포커페이스는 못 해 먹을 짓이었다.

"결혼한다고? 어디 여자고? 서울?"

대답이 없자 또 질문을 했다.

"여자는 맞나?"

대답 없는 선우에게 괜한 어깃장으로 딴지를 걸었다. 아들은 대답 대신 고개를 숙였다. 윤철은 덜컥 겁이 났지만 이를 악물고 또 물었다.

"진짜가?"

하얗게 질린 윤철을 곁눈으로 보던 아들은 입술을 깨물고 있었다.

"아버지, 도대체…?"

냉랭한 마당에 큰소리가 울렸다. 그간의 냉기가 싹 사라질 만큼은 아니었지만 웃음을 내놓을 만큼은 되었다. 무안해진 윤철은 또 다시 담뱃불을 붙였다.

'지지직' 비싼 라이터로 불을 붙이자 담뱃불 붙는 소리도 멋있었다. 불알친구 염도를 떠올렸다. '그놈, 이거 보면 보골나 죽을낀데 흐흐.' 다시 한 모금 빨자 아들이 다시금 입을 열었다.

"상견례했으면 하는데, 어때예?"

결혼 다음에 뱉은 말이 상견례다. 맛있던 담배에서 쓴맛이 치밀어 올랐다.

"…와, 애라도 뱄나? 밑도 끝도 없이 뭔 상견례고?"

이번에는 화가 단단히 났다. 담배랑 라이터를 통째로 던졌다. 군데군데 남은 녹다 만 눈으로 굴러갔다. 큰소리를 내면 안에 계시는 어머니에 마누라까지 다 뛰쳐나올 게 뻔했다. 이를 악물고 조용히 말하고는 입을 꾹 다물었다.

'부모를 뭘로 아는기고? 기가 막히가 미친 놈. 그래 니 잘났다!' 아들의 폭탄선언에 어이 상실한 그는 뱃속에 소주라도 부을 요량으로 대문을 나섰다. 그리고 때마침 마누라의 요란한 목청에 발걸음이 멈췄고 아들의 변명이 이어졌다.

"임신한 건 아이고예, 그냥 빨리 안정도 찾고. 또 마음먹었으니 빨리하고 싶은 거지, 다른 이유 없어예. 드갑시다. 어머니 나오게심더!"

아들이 팔뚝을 잡아끌며 앞장섰다. 젊은 놈이라 말라도 뼛심이 꽉 차 있었다.

"고마하고 과일 무러 오소. 내가 낳은 아들을 어찌 혼자 만 가즐라 하요? 애인이가?"

첫사랑, 마누라 목소리는 언제 들어도 움찔했다. 현관문 을 열자 절간 사대천왕 같은 얼굴로 마루에 과일을 깎아 놓고 기다리고 있었다.

뜨끈한 장판에 엉덩이를 깔고 믹스커피를 앞에 둔 가족 의 표정들이 심상치 않았다. 무거운 침묵에 누구도 커피 마실 엄두도 못 내고 있었다. 아무것도 모르는 현정은 아 들과 남편 눈치 보는 시간이 길어지자 기분이 상했다.

"보소, 이럴 거면 선우, 지 방에 가라 하소! 니도 할 말 없으면 퍼뜩 가서 자라!"

침묵은 그렇게 물꼬가 터졌다. 이야기는 순식간에 진행 되었다. 오래지 않아 커피 잔은 바닥을 드러냈다.

하늘같은 아들이 식을 올리겠다고 한다. 말이 내년이지

며칠 뒤 1월에 상견례도 하겠다 한다. 날도 다 잡아 놨고 처가살이한단다. 그러기로 벌써 정했단다. 엄마도 모르게 혼자서 말이다. 고아도 아닌 우리 아들 선우가 말이다!

현정에게는 그동안은 남은 없는 아들이었다. 주변의 부러움과 시샘에 어깨가 으쓱했고 '우리 아들, 한국대 의사!' 그건 어디서도 힘이 되는 명패였다. 그랬던 아들이 오늘은 나도 없는 아들이 되었다.

"그래 일월부터 상견례 한번 치르보자! 근데, 할머니는? 할머니는 우야지? 그래, 나는 어무이랑 집에 있을란다. 상견례? 그게 뭔데? 느그끼리 해라."

눈이 뒤집힐 정도로 부아가 난 현정은 방에서 주무시는 어머니 생각에 표정으로만 고함을 치고, 목소리를 죽였다.

차가운 아침, 뜨신 국 끓는 소리가 북덕였다. 부산식 벌건 소고기뭇국이다. 깔깔한 입맛을 다시 돌게 할 짭조름한 생선 굽는 냄새가 진동한다. 어지간한 생일상보다 뻑적지근한 밥상의 반찬을 아들 앞으로 줄을 세운 현정은 어젯밤 화는 도대체 어디로 던져버렸는지 아침부터 아들 바보다.

선우는 무심했다. 아침상이 끝나자 할머니와 동생에게
도 어젯밤 이야기를 전했고 바로 선물 보따리를 풀었다.
툴툴대려던 동생에게는 서둘러 최신 태블릿을 안기고 찬
성을 얻었다.

"오빠야 맘대로 해라."

바빴던 엄마 대신 자신을 키운 할머니 순영에겐 조용히
지지를 구했다.

"할무이, 저 장가가도 되지예?"

조심스러운 목소리에는 어리광이 묻었다. 항상 자기편
인 할머니는 그냥 찬성이었다.

"내 새끼가 장가간다는데 싫다 할 할미가 어딨노. 내는
좋다. 장하다. 내 새끼 언제 커가 장가도 가고….."

이 한마디는 엄마의 입도 꾹 다물게 했고 아버지의 상한
마음도 한숨으로 내려놓게 했다.

영도의 겨울바람은 꽤나 춥다.

"올라가라. 엄마는 걱정 말고. 그런데 상견례 전날 진짜
안올끼가?"

당일 상견례장에서 보자는 아들의 말에 윤철은 기가 막
혔다. 그래도 어머니가 허락한 일에 왈가왈부할 수도 없었

다. 배웅에 마지막 희망을 걸었다. 하지만 곧 도착한 택시에 바로 올라탄 아들은 무심히 사라졌다.

"그날 거서 뵐께예."

헛헛한 마음에 대문으로 들어선 윤철은 마당을 두리번거렸다. 어제 버렸던 라이터와 담배를 찾아 챙겼다. 얼어붙은 눈 위의 담뱃갑은 젖었지만, 속에 있던 담배는 멀쩡했다.

속상한 마음까지 지져 버리려 뜨끈한 방바닥에 누운 현정은 뱃속까지 뜨끈해지자 마음은 좀 풀어지는 듯했다. 며느리가 된다는 은지를 생각했다.

서울 큰 부잣집 외동 딸에 아들과 같은 한국대 출신인 은지는 얼마 전까지도 유명 로펌의 변호사였다고 했다. 그것만 봐서는 넘치는 규수고 모두가 부러워할 만했다. 하지만 유복자인 은지는 친가하고는 담을 쌓고 지낸다고 했다. 현정은 그게 마음에 걸렸다.

'지편한테만 좋아라 하믄 안 되는데…. 그래가는 맏며느리 못하는데!' 푸근한 며느리를 보고 싶었던 현정은 아무리 생각해도 은지가 성에 차지 않았다. 더구나 바로 처가살이라니! 하룻밤 사이에 아들을 도둑맞은 느낌이 들었다. 더구나 급한 결혼식까지? 뭔가 꼬롬했다.

풀어지던 마음은 다시 뒤틀렸고 생각이 꼬리에 꼬리를 물자 갑갑함이 몰려왔다. 골치가 아파지자 일어나 창을 열었다. 그리고 마당에서 담뱃불을 붙이던 남편과 눈이 딱 마주쳤다.

10년 전에 끊었다 믿고 있던 담배를 천연덕스럽게 문 모습에 삭이려던 화는 도리어 폭발했다.

"야, 보자 보자 하니까 니 지금 뭐하노! 담배 피나? 죽고 싶나? 어!"

'쾅' 던진 베개는 그대로 남편의 머리통을 날렸다.

꿈결

검은 어둠 미세한 진동, 다시 적막 영원할 것 같았던 안도의 한숨. 하지만 잠깐이었다.

'파바박, 탕탕 탕탕 탕 탕 탕.'

곧바로 상황을 뒤집은 총소리, 끝없이 쏟아지던 불덩이는 천지를 아수라장으로 만들었다.

사방은 찢는 요란함은 천지를 불바다로 만들고 곳곳을 뒹굴던 시체는 목 잘린 동백이 되어 묘하게 말라 비틀어지고 땅으로 바다로 스며들었다.

'허걱!' 순영은 놀란 가슴을 쓸었다. 꿈이라고 하기에는 너무나 현실 같았다. '영 노망이 났네. 났어! 내 새끼 좋은 날 두고 또 이런 꿈이나 꾸고···. 죽지도 못하고 우야노, 우야면 좋노···.'

애지중지하던 손자 장가갈 날만 기다리던 마음에 겁이 쌓여갔다. 섬뜩한 꿈자리에 잊었던 기억이 하나둘 들춰졌고 그럴수록 순영의 건강은 급속도로 나빠졌다.

상견례를 앞두고 좋아져도 모자랄 판에 얼마 전부터 이런 일이 반복되고 있었다. '괜히 간다 해가! 휴….' 뒤숭숭한 꿈자리는 오늘 밤도 엉망으로 만들고 있었다.

갑갑함에 찬 공기나 마시려 이부자리 옆으로 난 창을 열었다. 매운 찬바람이 얼굴을 긁었다. '겨울바람은 요 맛이지!' 찌릿한 냉기에 괜히 마음이 편해졌다. 겨울바람이 막힌 속을 뚫어주자 기분이 한결 나아졌다.

마당은 초저녁부터 내린 눈으로 가득했다. 아들이 손질해 둔 정원수 위에 눈이 넘쳐 '후드득' 떨어지는 소리마저 정다웠다. 위로 쩅한 밤하늘이 보였다.

밤이 깊었고 새벽은 아직 멀었다. 냉기에 몸서리가 쳐질 때쯤 다리를 감싸던 솜이불을 끌어당겼다. 식어가던 몸에 두르자 넘치던 찬기가 누그러졌다.

하염없이 내리던 눈에 정신을 맡겼다. 포근함이 밀려왔고 노곤해졌다. 내리던 눈도 멈춘 듯 고요했다. 혼자 누리던 시간이 멈췄다. 그리고 재빨리 되감겼다. 순영은 그렇게 오래전으로 되돌아가고 있었다.

후회

기적이다 싶을 만큼 좋아지던 어머니는 아들이 돌아가
자마자 급격히 나빠졌다.

버는 돈보다 퍼주던 돈이 더 많았던 자신과 밤낮없이 바
빴던 간호사 아내를 대신해 안살림을 도맡았던 어머니는
선우까지 챙기며 시장통에서 건어물 장사까지 했었다.

늦둥이 선희가 초등학교에 들어가기 전까지도 그 생활
은 계속되었었다.

어머니 얼굴을 볼 때마다 그 시간은 죄책감으로 가슴을
짓눌렀다. 다시 시간을 되돌릴 수 있다면, 어머니를 편하
게만 할 수 있다면 청춘의 호기도 철없는 의리도 다 잊고
가족을 챙기고 싶었다.

허황한 기대다.

날이 갈수록 안 좋아지던 어머니는 이제는 밖으로 돌며

쫓아다닐 기운조차 없어졌다. 자리보전만 할 뿐이었다. 하루하루 쪼그라들었고 그런 만큼 윤철의 가슴도 하루하루 무너졌다.

이제는 말도 안 되는 아들의 혼사가 문제가 아니었다. 젊은 놈이 지가 원하는 결혼을 한다는 데 처가살이고 뭐고 알아서 하라고 해야지 하는 마음이었다.

도리어 그 시간에 어머니 치맛자락이라도 붙들고 싶었다. '진작 신경 좀 쓸 걸….' 생각해보지만 후회는 소용 없었고 거기에 첫사랑 마누라에 대한 미안함이 돌덩이로 더해졌다.

풋풋했던 젊음은 사라지고 억세고 기세등등한 마누라쟁이가 된 현정도 알고 보면 여기저기 성한 데가 없는 종합병원이다. 거기다 치매인 시어머니까지…. 결혼해서 호강은커녕 바둥대고 살아온 아내다. 윤철의 가슴으로 갑갑함이 몰려왔다.

병원에서 경도인지장앤가 뭔가라 할 그때 더 신경 썼어야 했다. 한숨은 깊어갔다. 맥없는 하소연으로 시간을 되돌릴 수는 없었다.

겨울 해는 이미 중천을 지났지만, 어머니 방 문은 열리지 않았다. 오랜만에 곤히 잠드셨나 싶었지만 그래도 너무 오래였다.

주무시는 어머니 방문을 벌컥 여는 것도 아닌 듯싶어 주저하다 점심때가 지났다. 너무 늦게까지 기척이 없으셨다. 더는 기다릴 수 없었다.

"진지 드이소. 어멈이 된장국을 구수하게도 끓였네예. 저랑 한술 뜨게예."

너스레를 떨며 조용히 문을 열자 윤철의 코로 찌르는 지린내가 훅하고 들어왔다. 방안을 가득 채운 냉기 그리고 우두커니 앉아 있는 어머니가 보였다.

심장이 떨어졌다. 다시는 보고 싶지 않았던 그 모습이었다. '아닐기다. 선우 놈 결혼까진 끄떡없을 기다. 암, 우리 어머니가 누군데!' 울먹이는 혼잣말은 주문처럼 신음으로 터져 나왔다.

어머니에게 다가간 그는 그만 방바닥에 주저앉고 말았다. 지린내가 진동하는 얼룩진 이부자리, 그리고 텅 빈 어머니!

"…. 현정아, 뭐하노! 선희야 빨랑…."

눈물로 온몸을 흔들었고 통곡했다. 정신을 잃었다 깨어
났을 때는 초점을 잃었던 어머니의 눈망울을 제외하고는
모든 게 조각나 있었다. 어지러웠다.

1948년 여름

들짐승의 시퍼런 눈, 꽁지 불빛 흔들어대는 여름 반딧불, 얼마 남지 않은 하현달의 흐릿함은 서로 뒤섞여 밤을 울렁였다.

일본을 몰아낸 해방의 환호가 채 가시기도 전, 제주에는 또 난리가 났고 곳곳에는 마을까지 타버리는 사달이 일어났다.

1948년 제주 동쪽에 있는 갯가 작은 마을 구석에 살던 순영네 가족은 동막 패거리에게 죽임과 방화를 겪었다. 새 그믐이 왔을 때 타다 만 순영네는 귀신도 찾지 않을 흉물이 되어 있었다.

하지만 그곳 정지에서 물애기 숨소리만한 보스락 소리가 났다. 여러 날 만의 첫소리는 너무 작아 귀를 바짝 기울여야 들릴 듯 말 듯 했다.

그러더니 불기운 없던 아궁이에서 뭔가가 꿈틀거렸다. 검댕이 범벅에 눈도 입도 보이지 않은 작고 동그란 것은 구르듯 정지를 빠져나왔고 뒷마당 죽은 고팡으로 사라졌다.

　여의찮은 살림에도 마음 씀씀이가 남달랐던 순영네에게 신세 지지 않은 마을 사람은 없었다. 여름 더위에 멱 감던 무순의 딸 현자도 개천 몽돌 바닥에 넘어져 머리통이 박살나 죽을뻔했을 때 순영 아방 덕분에 살았었다. 현자를 학교 트럭까지 빌엉 시에 있는 병원에 데려다준 은혜는 서방 없이 딸 하나 보고 산 무순의 목숨줄마저 구해준 거나 진배없었다.

　하지만 이미 죽임을 당한 순영네 가족은 물론 혼자 남아 불길 속에 갇힌 어린 순영의 생사 확인도 막은 동막 패거리 엄포에 다른 마을 사람들처럼 시신 수습은커녕 어린 순영의 생사도 몰랐다. 발만 동동 구르던 무순은 하루하루가 지옥 불이었고 생지옥이었다.

　'더는 안될꼉!' 서방 없이 세상 풍파 다 겪으며 여태 살아낸 무순은 기어이 결심하고 말았다. 우선 현자를 서방이 죽고도 살갑게 왕래하던 시어멍에게 맡기고 그믐밤을 정해 순영을 찾아 나섰다. 잠시 잠깐이면 된다 여겼고 조심하면 못 할 일도 아니라고 스스로를 다독였다. 무서움에 오줌이 저릿했지만 하루가 멀다고 소꿉친구 데려오라는 현자에게 댈 핑계가 더는 남아 있지 않았다.

올망졸망 요망진 순영만은 어떡하든 불길을 피해 어디에라도 숨어 있을 거라는 간절한 기대와 혹여 죽었다 치더라도 시신이라도 챙겨줘야겠다는 의지로 그믐 어둠을 헤쳤다. 몰래 순영네로 들어서고 곳곳을 샅샅이 뒤졌다. 더위와 긴장감에 온몸은 땀범벅이 되었다.

시간이 흘렀지만 순영 시신도 찾지 못하자 무순은 무서운 생각이 들었다. '그놈들이 가져갔져! 어떡허잰, 우리 순영이 불쌍해서…. 흑흑흑.' 생각이 여기까지 미치자 억장은 무너졌고 '죽엉 순영 어멍은 어찌 볼꺼라! 어디 구석에라도 숨어 있는 줄 알았신디!' 기막힘에 가슴팍을 쥐어뜯으며 정지 아궁이에 기대 소리 없이 통곡하였다. 더는 이곳에 머무를 기대도 용기도 남아 있지 않았다.

여러 날 전 샛바람도 일기 전에 들이닥친 동막 패거리는 순영네 가족을 몰살하고 불까지 지른 것도 모자라 죽은 그들을 갈가리 찢고 그 위에다 불을 질렀었다. 사람으로서는 도저히 할 수 없는 일이었지만 독한 그들은 마을 본보기로 삼으려는지 시신도 수습하지 못하게 했다. 겁에 질린 사람들은 몸서리만 쳐야 했고 그놈들의 살기에 온 마을 전체에 한기가 서리웠다.

그래도 순영의 삼촌 을석이 패거리 우두머리인 동막의 둘도 없는 친구였기에 마을 사람 누구도 순영네가 그런 꼴을 당하리라고는 상상도 하지 못했었다.

하지만 동막에게는 같은 패거리 정은 아무 소용도 없었다. 아방도 없이 어멍마저 일찍 저세상으로 간 자신을 을석 어멍은 아들처럼 거둬 먹여주었고 을석의 성 을용은 학교도 다니지 못한 동막에게 한글이며 숫자를 가르쳐 동막이 밥벌이할 셈을 터득하게 도왔었다.

해방과 함께 환호를 지른 제주에도 미군이 들어왔고 육지껏들이 도 전역을 휘젓고 다녔다. 제주에도 이데올로기로 패거리들을 나누는 일들이 벌어졌고 그렇게 서북청년회가 들어왔고 모리배들이 제주를 휘저었다. 패악질하게 사람들을 끌어들였고 기세를 넓혔다. 오랫동안 계속되던 제주 공동체에는 금이 갔고 인심도 사나워져 갔다.

같은 마을 사람들끼리도 윗마을 아랫마을 사람들끼리도 분란이 일었고 그 사이에서 살아남겠다며 제대로 기회를 잡은 몇몇 이들은 더 악랄해져 갔다. 동막도 그런 부류였다.

공부보다 세상 이치에 빨리 눈을 뜨고 이권의 셈과 권력의 움직임에 발 빠르게 움직이던 동막은 일찌감치 그들에게 붙었고 더 앞장서 마을 사람들을 수탈하고 괴롭혔다. 그러다 더 인심을 잃어서는 이 짓도 더는 못 해 먹겠다는 판단에 을석을 끌어들이려 했다.

처음에는 쉽지 않았다. 그래서 헐렁해 보여도 마을 사람들 눈 밖에 나는 짓은 하지 않아 노는 물에서는 그래도 마을 인심을 얻고 있던 을석을 방패막이 삼기로 한 것이기도 했다. 상대가 원하는 걸 기가 막히게 간파하고 이용하는데에 타고 난 소질이 있던 동막은 자신의 특기를 십분 발휘했다.

죽은 각시로 평생을 외롭게 산 어멍 호강시키는 게 소원인 을석의 마음을 꼬드겼고 기어이 을석을 끌어들였다.

44

"같이 한몫 잡앙 배다른 성은 데껴불고 어멍 데려 나왕 살라게."

하지만 정이 깊고 천성이 착한 을석은 동막의 패악질에 금세 질려버렸고 이놈들의 선 넘는 짓거리를 막아 볼 요량으로 그들 틈에 끼어 동막을 어르고 달랬다. 그리고 정말 그렇게 된 줄로만 알았다.

동막의 쌓인 불만이 분노가 되어 사랑하는 죽음으로 이르게 될 줄은 상상도 하지 못했다.

숨 죽인 하소연을 속으로 하던 무순은 마지막으로 힘을 내보기로 했다. '어멍 와신디! 걍 갈 순 이시냐! 뒤져봐사쥬!' 진땀으로 흠뻑 젖은 무순이 다시 움직였고 그때 바로 맞은편에 있던 불에 그을려 겨우 형태만 남은 고팡에서 자신을 빤히 보는 두 눈을 발견했다.

무순은 놀라 비명을 지르려던 자기 주둥이를 틀어막았고 정신 줄을 부여잡았다. 어둠 속에서 찬찬히 형체를 드러낸 건 분명 들짐승이 아닌 그렇게 찾던 순영이었다! 온몸에 바늘이 서는 것 같았다. 하지만 곧 시끄러운 소리가 들렸고 시커먼 스나이들이 오는 게 보였다. 동막 패거리였다. 머릿속까지 얼어붙을 공포에 사로잡힌 무순은 순영을 향해 숨으라는 빠른 손짓을 하였고 눈치 빠른 순영은 이내 사라졌다.

순영은 숨었지만 이어 몸을 숨기던 무순은 큰 아궁이에 몸을 구기다 바로 목덜미를 잡혀 정지 바닥에 내리꽂혔다. 순식간의 아찔함은 포기로 돌아왔다. 놈들은 횃불 대신 귀한 플래시로 무순을 밝혔고 코에서 치솟는 시뻘건 피는 적나라하게 드러났다.

그녀를 중심으로 뱅 둘러선 패거리는 이 상황이 재밌다는 듯 히죽였고 한 놈은 무순의 뒤집힌 치마 속을 움켰다. 피떡이 되어가던 무순의 가슴팍을 발로 툭툭 건드리던 놈은 짐승 희롱하듯 장난질을 쳐댔다. 수치스러움에 무순은 미친 듯 악다구니를 쳤지만 그러면 그럴수록 놈들은 신이 나 낄낄거렸고 시시덕거렸다. 이미 사람이 아니었다.

뒤로 코를 실룩거리며 살덩이를 어그러트린 동막이 나타났고 무순을 희롱하던 일당들은 일제히 홍해 갈라지듯 좌우로 비켜났다. 동막은 패거리들의 장난질이 시답잖게 보였던지 피범벅에 치욕으로 벌벌 떨던 무순의 눈앞에 얼굴을 '쑥' 들이밀었다.

"어쩐다 핸? 죽인다 핸, 안 핸?"

시뻘겋게 끓어오던 눈으로 무순의 머리통에 총구를 박은 그는 지옥에서나 있을 무시무시한 몸짓으로 자기 말이 끝나기 무섭게 답을 기다리지도 않고 우레 같은 소리를 울렸다.

'푹, 꿀떡꿀떡.' 쏟아지던 검붉은 피는 순식간에 어둠으로 번져갔고 곧 마을 여기저기는 화염으로 휩싸여갔다. 무순의 일이 아니었더라도 이미 그리하려 했던 것처럼 미리 준비해둔 횃불을 죄다 꺼내어 온 마을에 불을 질렀다.

불길은 마을 곳곳의 지붕에서 기둥으로 번졌고 방 안의 벽을 타고 집 전체를 불태웠고 금세 마을 곳곳을 삼켰다. 불길을 피해 뛰쳐나오는 사람들의 비명은 살육으로 끝이 났고 그날의 그믐밤은 동막 패거리의 살기와 어우러져 요란하게 흔들렸다.

길게만 느껴졌던 밤이 지났다. 이어 온 새벽 여명에 재와 시체만 남은 마을이 드러났다. 정오의 뜨겁던 볕은 살 타는 냄새를 진동하게 했다. 마을 하나는 그렇게 주검이 되었다.

시간이 한낮을 지나 저녁으로 가고 있었지만 뜨거운 열기는 식지 않고 작열했다. 동막의 걸음은 시체 타는 냄새를 뒤로 하고 오름 방향으로 올레길을 지났다. 그 끝자락으로 움막집이 나왔다.

다행히 이번 불길은 피한 듯 보였으나 이미 흉가나 진배 없어 보이는 그곳에서 익숙한 듯 바닥에 묻힌 항아리를 단번에 찾았다. 뚜껑을 열고 몇 알 안 되는 보리쌀을 싹싹 긁어 바가지에 담았다. 가져간 물로 도정도 하지 않은 날보리쌀을 후루룩 씻어 사방으로 금이 간 가마솥에 붓고는 아궁이에 불을 지폈다.

곧 밥 끓는 소리가 났고 잠시 후 구수한 냄새가 진동했다. 군침 도는 꽁보리밥은 깨진 사발에 수북하게 쌓였고 소반도 없이 밥사발에 숟가락 하나 꽂고 지푸라기로 채워진 방으로 들어갔다.

허겁지겁 밥알을 퍼먹는 동막의 눈에는 쉼 없는 눈물이 흘렀다. 창호지 없이 살만 남은 방문 한가득 석양이 들어찼다. 일출로 유명한 이곳에 오늘만큼은 사나운 노을이 전부인 듯 했다.

사발을 비우는 사이 짧은 석양은 사라졌고 따르던 패거리가 들이닥쳤다. 불난리를 내느라 밤새도록 그리고 여태 굶었던 그들은 자신들을 내버려두고 팔자 좋게 밥알을 씹

는 동막에게 단단히 화가 났다. 들어오는 품새도 범상치들
않았다. 당장에 반란이라도 저지를 기세였다.

"여기서 이러고 있었던 거네? 체, 기가 막혀서. 우리는
종일 골며 대장 찾아 다녔는데…."

"대장은 무슨, 썹새끼가 대우해 줬더니 이게 뭐야?"

"이참에 대장 바꾸자. 어차피 제주 놈이 우리 대장을 한
다는 게 말이 되긴 했어?"

"애비가 우리랑 같은 동향이라고 우기지만 그걸 어떻게
믿어. 여기서 나고 자란 놈이 제주 놈이지 뭐야!"

"맞아, 이 참에 확 죽여 버리자. 나고 자란 동네도 우습
게 싹쓸이하는 놈은 못 믿지!"

"그러게. 우리 등에 언제 칼을 꽂을지 알 게 뭐야!"

동막 앞으로 몰려든 그들은 각자의 속내를 거침없이 쏟
아냈다. 당장에라도 방에서 끌어내 조리돌림이라도 할 것
같았다. 하지만 그딴 것에 쫄 동막도 아니었다. 가소롭다
는 듯 패거리를 쭉 훑어보더니 맹수의 본능으로 이빨을
드러냈다. 순식간에 가장 센 기철의 목덜미를 물어뜯었다.

'으아악!' 외마디 비명과 함께 기철의 목덜미가 찢겨나
갔고 피가 하늘로 솟구쳤다. 동맥이 끊어진 것이다. 덤벼

들던 놈들은 짐승 같은 짓거리에 뒷걸음쳤고 고통에 버둥
대던 기철이 잠잠해졌다. 죽은 것이다!

삽시간에 피 냄새가 진동했고 목덜미 살점을 질겅거리
며 나머지 놈들을 노려보는 동막의 기세는 사납다 못해
살이 떨릴 지경이었다.

"또 누게 살점을 물어뜯을 거라? 듬벼보주 빙신새끼들
아!"

벌겋게 일어난 얼굴에 피로 범벅이 된 이빨! 공포 그 자
체였다.

더는 나서는 이가 없었고 몇 놈은 오줌을 지렸는지 피비
린내에 지린내가 붙었다. 반란의 전의는 사라졌다. 눈앞에
서는 해가 완전히 사라졌고 피비린내에 섬뜩함이 더해졌
다. 피 묻은 입을 손으로 쓰윽 닦고는 얼빠진 패거리를 뒤
로 했다. 다시 방으로 들어가 피 묻은 손가락과 이빨로 먹
다 남은 밥알을 한 톨도 남기지 않고 다 먹고서야 밖으로
나왔다.

패거리는 동막의 눈을 피했고 고개를 숙인 채 꽁지까지
감추었다. 항복을 몸으로 말하고 불만은 속으로만 군실거
렸다.

두려움이 가장 큰 통치 수단이라는 걸 일찌감치 알고 또다시 증명했지만 강한 만큼 반동도 컸다! 반발의 싹 또한 야무지게 트기 시작했고 패거리 중 제일로다 영민한 창섭은 평소의 불만에 이번 일이 더하여 흔들리던 마음을 굳혔다. 살기 위해서라도 비위는 맞추지만 언젠간 미친 놈의 등에 칼을 꽂고 그 자리는 자신이 꿰차기 위해 무슨 짓이라도 하겠다고 다짐했다.

그들도 마을 하나를 하룻밤 사이에 사라지게 한 이번 일만큼은 그들도 서로 입을 닫기로 했다. 빈약한 꼬투리로 저지른 우발적인 사달이라 상부에서도 좋은 소리는커녕 그렇지 않아도 미군의 눈치를 보는 상부에게 부담만 지워줄 게 뻔했다. 그렇게 되면 자기 패거리의 이권이 다른 패거리에게 넘어갈 게 불 보듯 뻔했다. 후환을 없애겠다고 어린아이까지 싸그리 죽이고 마을까지 불태운 만행을 굳이 떠들 필요는 없었다.

온전한 밤이 되었다.

"이제라도 출발하시죠. 대장, 차도 없이 오름을 넘어야 하는데 더는 지체할 수 없습니다."

그의 살기를 누구도 감히 건들지 못할 때 감히 공포의 침묵을 끊어 낸 건 요망진 창섭이었다.

이번 일을 비밀에 부치기 위해 어차피 거처를 옮기려 했던 동막도 창섭의 도발에는 별 대꾸를 하지 않았다. 도리어 잘 되었다는 듯이 한 손에는 작은 보따리 하나 다른 한 손에는 이글거리는 횃불 방망이를 쥐고 그곳을 쓰윽 훑고는 횃불 방망이를 숟가락 들던 방 안에 던졌다. 바짝 말라 있던 그곳은 이내 불길에 휩싸였고 곧 전체로 번졌다.

오름을 넘는 내내 그 뒤로 불길이 활활 타올랐다. 컴컴한 하늘이 무섭게 밝혀졌고 그걸 뒤로한 동막의 등이 딱딱해져갔다. 보따리를 쥔 주먹에는 핏발이 선명했다.

만나기 전

해운대 절벽, 5성급 호텔 HEATH(히스)의 가장 꼭대기 스위트룸 통창으로 밀려오는 눈보라와 파도를 음미하는 백발의 노신사가 보인다. 겨울 파도만큼이나 싸한 푸른 셔츠 아래로 오트밀 컬러 팬츠를 맞춰 입은 그의 풍채는 청년 같아 보였다. 파도가 아무리 창을 사납게 쳐도 꿈쩍하지 않았고 도리어 잡아먹을 기세로 노려보았다. 그는 두려움을 모르는 맹수 같았다.

잠시 후 뒤로 난 문이 열리고 화사한 투피스의 젊은 여자가 들어왔다. 노신사와는 완전히 다른 종족 같았다. 그녀의 보드라움에 그의 살벌함도 사라지는 듯했다. 다시금 문이 열렸고 이번에는 명품으로 휘감은 중년의 여자가 들어왔다. 하지만 그는 눈길도 주지 않았다.

아사 야케는 호텔 HEATH에서도 가장 유명한 일식당이다. 예약된 VIP룸은 부호들의 가족 연회가 이뤄지는 곳으로 유명하다.

호텔 입구에서부터 안내를 맡은 직원은 선우 식구를 창가로 안내했다. 한눈에도 화려함과 고상함이 조화를 이루고 있었고 실크 벽지와 클래식 몰딩 그리고 샹들리에는 바로크 시대의 유럽 궁궐을 연상시켰다. 테이블 위의 일본풍 꽃꽂이가 아니라면 이곳이 일식당이라는 걸 누구도 알아차릴 수 없을 것 같았다.

"좋네!"

사돈 어르신이 예약했다는 곳을 쓰윽 둘러보던 윤철의 표정은 말과는 달리 좋지만은 않았다. 소박한 그에게 부담스러운 곳이기도 했지만, 이면이 통유리로 뻥 뚫린 시야로 휘몰아치는 눈보라가 창을 깨부술 듯 휘몰아치고 있었다. 조용히 아이들의 결혼을 이야기할 만한 상견례 장소로 맞지 않다고 여겼다.

밤새 내리다 이제 멈췄나 싶었을 때 다시 휘몰아치기 시작한 눈보라로 인해 약속 시각에 늦을까 염려해 서두르다 한 시간도 전에 도착한 선우 가족은 곧 무료함을 느꼈다.

윤철은 무료함에 창가로 갔고 아래가 보일 만큼 가까이 갔을 때 눈보라와 뒤섞여 요란 떠는 파도에 움찔 뒷걸음을 쳤다.

"무시라, 뭐꼬! 뭐가 이리 쪼릿하노. 아구야 돈 많아도 내는 이런 데선 못 잔다. 그나저나 사돈들 올라갈 때 힘들어서 우짜노! 뱅기는 뜰껀가?"

정 많은 그는 범상치 않은 날씨에 사돈될 은지 가족들이 다시 돌아가는 걱정까지 중얼거렸고 현정은 남편의 걱정이 오지랖이라 여겼다.

"별걱정을 다 하요. 당신은 어머니 걱정이나 하소. 돈도 처 많아 가 온 식구가 젤 비싼 방, 스위트룸인가 뭔가 하는 곳에서 며칠이나 잤다 안하요. 말라 미리 와가 부담을 주는지 돈지랄이가!"

선우의 하나뿐인 여동생 선희는 엄마 아빠의 투덕거림이 하루 이틀도 아닌지라 관심 없다는 듯 오빠에게서 받은 테블릿에 빠졌고 곱게 옥색 저고리로 단장한 순영은 오늘도 졸리는 듯 눈을 감고 쪼그라들고 있었다.

호텔 입구에서 함께 이곳으로 올라온 선우는 은지 가족에게 책이라도 잡힐까 걱정했지만 철없어 보이는 가족들

행동에 그 조차 기대를 포기로 바꾸었다. 불과 며칠 전에
도 할머니가 위독해지셔서 큰일을 치를 뻔했기에 할머니
만 별 일없이 버텨주면 된다며 마음을 바꿔 먹기는 했었
다.

　하지만 가족들은 언제나처럼 예상을 넘어섰다. 사실 선
우는 할머니가 이곳에 오지 않기를 바랐지만 할머니 순영
의 상태가 기적처럼 다시 좋아지고 기어이 상견례장에 가
겠다며 고집을 피우면서 함께 오게 되었다. 할머니 상태에
온 촉각을 세우느라 어서 해치우고만 싶은 게 선우의 솔
직한 마음이었다.

　그건 은지에 대한 마음과는 다른 일상의 선우였다.

　상견례장으로 오기 며칠 전 선우의 본가로 사이렌을 번
쩍이는 구급차 두 대가 달려왔었다. 영도 구석진 골목에
자리 잡은 오래된 이층집 그 곳 검은 철재 대문은 활짝 열
렸고 열린 현관문 사이로 서두르는 구급대원과 우왕좌왕
하는 식구들이 보였다.

　"우리 어머니 좀 살려 주이소! 예, 제발요. 우리 어머니
잘못되면 안되예! 우리 아들 결혼식은 보고 가셔야는데!"

"예? 아, 저 양반 아니 저놈은 신경 안 써도 되예! 저건 꾀병이고! 우리 어머니는 진짭니더! 큰일나면 안되예, 예!"

시어머니 순영을 응급 베드로 옮기던 구급대원 팔을 부여잡은 얼굴은 눈물 콧물 범벅이었다. 같이 구급차에 올라탄 현정은 '오라이'를 외쳤다.

"선희야, 니 애빈 니가 챙기라. 기사 양반 어서 가소. 우리 어머니 살려얍니더. 출발!"

현정은 버스 차장처럼 구급차를 두드렸고 현정과 순영이 탄 구급차는 요란한 사이렌으로 질주했다. 윤철을 태운 구급차도 뒤를 따랐다. 혼자 남은 선희는 '또 시작이네.'라며 활짝 열린 대문을 닫아 걸고 전화를 걸었다.

"오빠야, 또 시작됐다. 대학병원 오빠 친구한테 빨랑 연락해라. 글로 간단다!"

선우는 자신의 포부만큼 기품 있던 이곳이 도떼기시장 같이 변하고 있다고 여겼고 그런 만큼 오늘이 빨리 지나기만 바라고도 있었다. 다행히 시간은 흘렀고 약속 시각은 채 5분도 남지 않았다. 조용히 자리를 지키는 이는 그래도 할머니 순영뿐이었다.

최근에 아들과 나란히 병실 침대를 차지한 이후 다시 멀쩡해진 정신은 닷새가 지나도록 별일 없었다. 그때처럼 악몽도 꾸지 않았고 기억나지도 않는 이상한 말에 머리가 어지럽지도 않았다. 의식을 잃었다 깰 때면 아들은 말했었다.

"어무니, 부산 사람 아닙니꺼? 이상한 말을 마구 쓰는데 어떨 땐 겁납니더."

그때마다 사실 대꾸할 기억이 없었다. 단지 기억을 떠올리려 할 때면 머리가 깨어지듯 아파 다시 쓰러질 것 같았다.

"내사 모르겠다. 내는 영도에서 자랐고 니 아버지도 여서 안 만났나! 에미가 노망들어 그라는 걸 뭘 그리 따지노?"

대뜸 화를 내기도 했지만 그런 대화만으로도 순영의 속은 메슥거렸다.

상견례

은지 가족이 들어왔다. 선우는 옷매무시를 가다듬었고 가족들에게 눈치를 주었다. 입구로 가서 은지 할아버지께 인사를 드렸다.

본가에 가기 전 먼저 은지 할아버지를 만났었다. 독대를 신청했었다. 진료가 없던 토요일 은지 할아버지가 좋아하신다는 와인을 가지고 방문했다. 차를 끌고 들어간 마당에 길게 쭉 뻗은 제주 현무암 판석 길은 어디에서도 위축이라는 걸 모르던 선우를 움찔거리게 했다.

집사에 의해 안내된 거실에는 손님을 접대하는 응접실이 따로 있었고 그곳은 품격과 화려함이 공존했다. 은지 할아버지는 선우의 인사에 답도 없이 소파에 앉아 침묵했고 그렇게 한참이 흘렀다.

긴 묵묵부답에 자존심이 상한 선우가 자리를 나갔고 그

의 뒤통수로 매서운 말이 와 꽂혔다.

"자네, 이 모든 걸 상속받을 수 있겠나?"

낮은 울림이었다. 그는 눈빛 하나 흔들리지 않았고 단지 그리 말하고 서재로 들어가 버렸다. 선우의 마음은 흔들렸다.

그리고 두 번째 만남 선우는 최선을 다하고 있었다.

"할아버님, 오시느라 고생 많으셨습니다. 어머니도 코트 주세요."

은지 엄마 경자는 아버지 뒤에서 사돈될 선우 가족들을 비웃듯 쳐다보고 있었다. 경자 눈에 비친 선우 가족은 쭈그려 조는 늙은이에 싸구려 세일 품을 걸친 촌스러운 아줌마, 바보같이 웃기만 하는 중늙은이 그리고 철딱서니 없는 계집애의 총합이었다. '비천한 것들… 쯧쯧, 결혼이 횡재인 줄 아는 거지. 체!' 그나마 격이 맞는 간판에 의사라 선우는 어찌 참고 있던 경자에게 이 시간은 의미가 없었다.

"아버님, 그동안 안녕하셨어요? 어쩜 어머님은 더 젊어지신 것 같으세요!"

선우의 인사가 끝나자 은지가 나섰다. 이번 상견례를 어떻게 하든지 조용히 끝내기로 어제 의견을 맞춘 그들이었다. 지난번에 선우 본가로 인사를 갔을 때를 상기하며 분위기를 살리려 애를 썼다. 그녀에게 오늘은 어쩌면 결혼식보다 더 중요한 날일지도 모른다.

'어떻게 여기까지 왔는데 아이까지 유산 시키며 기어이 잡은 자리를 망칠 순 없어!' 엄마의 무관심과 할아버지의 지나친 간섭에 반항하듯 법대에 들어가고 나서는 클럽에서 밤의 대부분을 보냈다. 로스쿨에 입학하기 전날에서야 이 생활을 정리하기로 마음먹었다.

마지막이다 여기고 참석한 광란의 파티 그리고 여지없이 다음 날도 옆에 누운 낯선 남자를 보았다. '이놈이 끝이군!'애써 아무렇지도 않은 듯 아침을 함께 하고는 번호까지 나누고 헤어졌다. 그리고 한 달쯤 뒤에 임신 테스트를 했고 두 줄을 보았다. 번호가 적힌 쪽지를 찾았고 전화를 걸었지만, 연결되지 않았다.

"눈 때문에 힘드시지는 않으셨어요?"

선우는 할아버지 모자와 외투까지 받아 들고 입구 쪽으

로 가 인터폰으로 미리 주문한 음식을 시작해 달라는 부탁을 하고서야 자리에 앉을 수 있었다. 물과 기름 같은 두 가족의 어색함을 풀어보려 말을 걸었지만 대꾸 없는 그들에게는 잘나가는 정신과 전문의도 별수 없었다.

말이 꼬이고 서툴게 버벅거렸다. 살가워지려 애쓰던 선우에게 경자는 더 아랫사람 부리듯 했다.

"덥네! 흐음 선우야, 시작하자."

선우는 군소리 없이 그 비위를 다 맞추었다. 그건 현정의 부아에 기름을 부었고 선희는 그 부아에 불을 지폈다.

민망한 첫 만남을 끝으로 은지가 선우를 만났던 건 넉달이 지나서였다. 그때 그의 눈에 들어온 은지는 초췌했지만 아름다웠고 보호 본능을 자극했다.

"선우 씨, 아기를 지키지 못 했어요⋯."

전화로도 들었던 그 말에 선우는 또 다시 폐부가 찔렸다.

"연락이 되지 않아⋯, 그렇다고 마냥 기다릴 수도 없었어요. 배가 불러왔다면 그리고 그때 선우 씨가 나 몰라라 했다면 우리는 할아버지 손에 죽었을 거예요."

은지 말은 그랬다. 둘이 클럽에서 나온 날 호텔에 간 그때 무슨 일이 있었는지 기억나지 않지만 그러고 임신을 했다는 거다. 그리고 바로 연락을 했으나 통화가 되지 않았고 다시 한 달 뒤에도 연락되지 않았고 아버지 없는 아이를 낳을 수는 없었다고 했다. 자기 또한 그렇게 태어난 입장이라 아이가 겪을 고통을 누구보다 잘 안다며 어쩔 수 없는 선택을 했지만 미안하다고 이렇게 만나 미안함을 말하게 될 줄 몰랐다며 눈물을 터트렸다.

　그리고 두 번째 만남 후 그들은 주기적으로 만났고 사랑은 점차 깊어졌다. 특별히 화려한 데이트를 즐긴 적은 없지만 뜨거운 관계 속에서 서로의 가정사와 아픔을 공유했다. 그러는 사이 결혼에 무심했던 선우는 결혼한다면 은지여야 한다고 생각하게 되었고 집안에서 결혼을 종용받는 은지를 위해 영도로 향했었다.

　상견례 참석을 위해, 진료가 끝나자마자 KTX로 부산에 도착해서 본가가 아니라 곧장 해운대로 향해 은지와의 약속 장소로 갔다. 은지 가족이 묵고 있는 곳 반대편 호텔에 미리 와 있던 은지와 뜨거운 재회를 했다.

'선우 씨 제발 내일만큼은 아무것도 생각 말고 우리 결혼만 생각해줘! 내가 잘할게! 응 무슨 말인지 알지?' 지금 선우는 은지의 간곡함을 되씹었고 있었다. 그때 은지에게 답을 주지 않았던 건 선우의 마지막 자존심일 뿐이었다.

검은 새벽 은지와 헤어진 선우는 본가로 가 모두가 잠든 집 마당에 섰다. 계속 내리던 눈으로 마당은 하얗게 변하고 있었다.

처음 은지 집에 갔을 때를 생각했다. 그 생각은 담배를 찾게 했다. 하지만 아버지에게 자신의 라이터를 드리고 그날로 담배를 끊었던 선우는 아쉬움에 입맛만 당기고 은지 할아버지의 말을 대신 곱씹었다.

"자네, 이 모든 걸 상속받을 수 있겠나?"

그 말의 속내는 말 잘 듣는 수족 같은 사위가 될 요량인지를 묻는 거라는 걸 알았기에 자존심 하나로 이 악물고 여기까지 온 선우에게는 지독히도 모욕이었다.

흔들거리는 유혹이었다. 남들은 천재라서 그리 된 거라지만 형편도 좋지 않은 집안의 장남으로 학원은커녕 어떤 사교육의 도움도 없이 이 자리까지 오기까지 그를 버티게

한 건 숨 막히는 오기와 자존심뿐이었다. 그날 그 일로 두 번 다시 은지를 보지 않으려고도 했지만, 유산의 아픔을 겪은 은지를 배신할 수는 없었다.

학부마저 수석으로 마무리한 선우는 그걸 확인한 날 그간의 모든 긴장이 풀렸고 그날 하루만큼은 막 살고 싶었다. 공부만큼 클럽 문화를 즐기던 친구들은 자신과는 다르다고 여겼던 선우의 합석을 흥미로워하며 작정하고 자극해댔다.

휘황찬란한 사이키 조명과 거의 벗다시피 한 8등신 미녀들, 바로 취했고 밤새 다른 사람이었다. 깨어지는 두통을 느끼며 일어난 곳은 클럽 근처 호텔이었고 옆에는 세상모르게 자는 여자가 있었다.

'뭐야, 이 여자?' 혼란스러웠지만 어쨌든 나가야만 했고 옷을 챙기는 사이 그녀도 깨어났다. 어색한 눈빛을 교환하고 근처 해장국집으로 가 밥을 말고 연락처를 교환했다. 대화는 없었다. 식당을 나오며 각자의 길을 갔다. 그리고 한 달 뒤 모르는 번호로 전화가 걸려 왔다. 하지만 전공 실습을 시작해 바쁜 시기였고 모르는 번호라 대수롭지 않게 여긴 그는 잊고 지났다.

호락호락하지 않은 인턴 시기에 방학도 없이 바로 실습에 들어간 선우에게는 하루가 모자랐다. 머릿속은 온통 최연소 정신과 전문의가 돼야 한다는 의지뿐이었다.

다시 모르는 번호로 전화가 걸려 왔다. 분명 눈에 익은 번호였지만 받지 않았다. 그리고 보름 뒤 문자 한 통이 왔다. '나 유산했어!' 스팸인 줄 알았다. 하지만 계속 뒷꼭지를 당기는 찜찜함에 서랍을 뒤져 그날 받은 쪽지를 찾았고 확인했다.

'서 은 지!' 그녀의 번호였다. 그날 분명 번호를 교환하기는 했지만 저장하지 않았고 번호를 유심히 보지도 않았다. 단지 매너의 의미로 번호를 교환한 것뿐이었다.

그녀가 마음에 들고 말고의 문제는 아니었다. 전혀 기억나지 않는 일로 좋지 않은 만남의 그녀를 다시 마주치고 싶지 않았다. 고민 끝에 점심 대신 전화를 걸었다. 서글픈 음악이 들리는가 싶더니 냉랭한 여자 목소리가 들렸다.

"고마워. 그래도 양아치는 아니라!"

들어오자마자 총지배인이 권하는 자리 대신 윤철에게 곧장 간 은지 할아버지는 다짜고짜 악수를 권하고 깍듯이 말했다.

"안녕하십니까! 사돈 그동안 잘 계셨죠?"

지나치게 당당한 그의 말투는 위압적이었다. 얼마 전 전화로 안부를 나눌 때도 그랬다.

악수 후 반대편에 앉은 그는 아흔을 넘었지만 큰 키와 당당한 체구와 걸음걸이까지 멋진 백발만 아니라면 중년의 멋쟁이 신사로 보일만했다.

단지 사나운 카리스마에 조크를 연상시키는 섬뜩한 미소와 각지고 검은 얼굴은 날카로운 눈매와 함께 그리 좋은 인상을 주지는 못했다. 느낌으로는 암흑가의 보스를 연상시켰지만, 실제로는 현금 동원력만 보자면 대기업도 부럽지 않은 재계의 숨은 실력자다.

선우는 은지 할아버지와 어머니의 시선에서 모욕감을 느꼈고 더는 자신의 노력은 의미가 없다고 여겨졌다. 선우의 자존심은 바닥이 되었갔지만 티를 낼 수는 없었다.

"할아버님, 안녕히 주무셨어요? 부산 관광은 어떠셨어요?"

은지 할아버지는 근엄한 미소만 지을 뿐 별다른 답을 하지 않았고 대신 은지가 나섰다.

"할아버지, 선우 씨가 할아버지 챙기잖아! 뭐라 말해 봐요. 아무 말 않고 있으면 우리 선우 씨 민망한데. 으응~ 할아버지."

사랑하는 손녀가 애쓰자 그제야 그는 입을 열었지만 대답 대신 다른 질문을 했다.

"그럼, 자네도 잘 잤는가? 어제는 우리 은지를 너무 늦게 들여보냈더군. 다음부터는 주의하게. 물론 결혼할 테지만 그렇다고 해도 아직 식은 올리지 않지 않았나. 흐으음."

윤철은 사돈 어르신의 날 선 고자질에 아무것도 모르고 있다 민망했고 서른 넘은 아들의 사생활까지 사돈 어르신을 통해 듣는 이 상황이 불편하기만 했다. 그래도 못 들은 척 지나갈 일도 아니라 너스레를 떨었다.

"둘이 사이가 너무 좋네요. 사돈 어르신! 예전 같으면 아이를 둘은 낳았을 나인데 뭐 어떻습니까? 전 좋기만 합니다. 흐흐."

윤철의 너스레는 경자의 심기를 건드렸다.

"아니, 아들 가진 집이라고 너무하네요. 바깥사돈! 선생질을 했다는 양반이 경우가 체, 어이 없네!"

날카로운 음성은 그렇지 않아도 서먹한 이곳에 찬물을

확 끼었고 은지는 곧 울음을 터트릴 것 같은 표정이 되었다. 이걸 눈치 챈 선우가 나섰다.

"네, 할아버님 어머님, 주의하겠습니다. 어제는 오늘 일로 얘기가 길어 시간이 가는 줄을 몰랐습니다. 죄송합니다."

선우는 간곡한 사과로 상황을 덮으려 했고 잠시지만 그리되는 것 같았다.

그사이 음료수와 화려한 음식이 도착했다. 선우와 은지는 본격적으로 상견례를 진행시켰다. 은지네의 묵묵부답으로 잠시 잠깐 위기를 맞이하기도 했지만, 그런대로 결혼을 위한 세부적인 절차와 내용까지도 의논은 끝을 보이기 시작했다.

배신과 배신

고향을 떠나 제주 곳곳을 동막 패거리는 패악질은 물론 걸신처럼 돈이 될 만 한 건 뭐든 싹싹 긁어댔다.

얼마나 지독했으면 그들이 훑고 간 자리에는 풀 한 포기 남아나지 않고 오직 핏물과 시체들만 쌓인다는 소문이 도 전역에 퍼졌다. 낭 막대기도 돈이 된다면 뽑아서 갔고 피 비린내에 밥을 말고 뒹구는 살점이 찬이라는 소문까지 돌 지경이었다.

놈들의 패악질에 진절머리 치다 도저히 견딜 수 없어, 궤며 곳곳에 숨어든 사람들까지 기어이 수색해 처참히 학 살하던 그들은 항상 그렇듯이 그 짓거리를 자행하고 있었 다.

하지만 이날의 동막은 뭔가 달랐다. 항상 끝까지 남아서 뭐라도 돈 될 것들을 박박 긁던 그는 마무리를 경찰과 다른 모리배들에게 남기고는 군용 트럭에 자기네 패거리만 태워 급히 자리를 떴다.

직접 트럭을 몰아 자신들의 임시 거처지로 가 그들을 내려주었다.

"오늘은 좀좀허라! 헤집고 다닌단 말만 들려도 죽여불켜. 찍소리 마랑 처박혀 이서 알안!"

험악한 얼굴로 독기를 뿜고는 말을 끝내기 무섭게 차를 돌려 그곳을 빠져나갔다.

'직접 차를 몰아? 그것도 이 야밤에?' 운전석 단골인 창섭은 동막의 행동이 아무래도 수상했다. 하지만 다른 놈들은 언제나처럼 피비린내를 씻어낼 살풀이라도 하려는 듯 먹거리를 펼쳤고 신이 나 시시덕거리기에 바빴다.

"뭐해? 야반도주 마누라 꽁무니 빼는 것도 아니고, 뭔 넋을 놓나!"

패거리 중에서 그나마 대가 맞는 충기도 창섭과는 달리 천하태평이다. 어서 와 배를 채우라며 난리였고 다른 놈들도 팔이 떨어지라 손짓하고 있었다.

쳐 죽일 만큼 나쁜 놈들도 자기네끼리는 밥 나눌 의리 정도는 남아 있는 모양이다.

장작을 한가득 안고 온 중석은 숙소 옆에 뒹구는 드럼통을 가리켰고 충기 놈은 드럼통을 굴렸다.

"얼른 굴려!"

중석은 시시덕거리며 담뱃불을 붙였다.

"씨벌, 어지간히 내리네! 이게 다 쌀가루면 하던 때가 있었는데….'

끝없이 내리는 눈을 올려다 봤다. 눈 안으로 눈이 녹아들었다. 누런 종이에 싼 고깃덩이를 대충 자르던 충기는 칼을 든 손등이 매서운 바람에 쩍쩍 갈라지자 투덜댔다.

"이놈의 칼바람, 지긋지긋하다. 도통 사람 살 동네는 아닌 거지!"

장정 체면도 세워주지 않는 드센 추위에 손까지 굳어지자 화를 실어 날을 세웠다.

그래도 드럼통에 장작을 채우고 불을 붙이자 고기 먹을 생각에 입맛을 다셨다. 고기가 익고 얼었던 입이 풀리자 놈들은 하던 짓만큼이나 섬뜩한 말들을 거침없이 뱉어냈다.

"어서 먹고 자자 내일도 청소해야지 크크 재주 좋게 말이지 하하…."

살기 어린 수다를 아무렇지 않게 지껄이는 놈들의 표정이 너무도 해맑았다. 표정만 봐서는 그냥 친구들끼리 모여 그냥 노닥거리는 것 같기만 했다.

그들에겐 자기네들 총칼 끝에 사라진 이들은 없었다. 술병이 비워져 나뒹굴고 먹던 고기가 바닥을 보였다. 그쯤 되자 거나해진 그들은 누가 먼저랄 것도 없이 노래를 불러 젖혔고 각자의 고향 생각, 두고 온 가족 생각에 우는 놈들이 늘어 갔다. 그러다 시비로 싸움질이 벌어지고 또 새로운 지랄이 넘쳐났다.

휘청거렸던 그들은 깊은 밤을 이기지 못하고 아무 데서나 각자의 자리를 잡고 코를 골아댔다.

동막의 행동을 곱씹던 창섭은 좀 전까지 먹고 놀던 곳의 뒤처리를 하며 머리를 굴렸다. 얼음장 같은 칼바람에 머리통이 날아가고 기세 좋게 불어대는 눈보라에 온몸이 얼어붙었다.

어깨에 수북해진 눈을 온몸으로 털어내면서도 뭔가 있을 것 같다는 생각을 떨칠 수가 없었다. 우선, 대자로 엎어져 코를 고는 충기놈을 깨웠다. 친구라 여기며 서로의 가족 이야기를 하는 유일한 패거리였다.

"야, 그만 자고 따라와!"

선잠 깬 충기를 질질 끌고 숙소 반대편에 있는 사무실로 데려갔다. 사무실 한쪽에 놓인 군용 침대에 충기 놈을 던져놓고는 동막을 건너뛰고 가끔 연락하던 제주시 본부 상구 대장에게 전화를 걸었다.

진짜 대장은 아니지만, 자기네끼리 동막 대장, 상구 대장이라 부르는 동막만큼이나 끗발 좋은 그를 창섭은 친형같이 여겼다. 그는 본부, 부단장의 연락책이었다.

아직은 여명도 떠오르지 않은 검은 새벽이었지만 지금 상황이 어떻게 돌아가는지 도대체 무슨 변화가 일고 있는지 한 시각이라도 빨리 아는 게 상책이라고 판단했다. 그걸 자신에게 알려줄 사람은 지금으로선 상구 대장뿐이었다. 전화기를 돌렸고 신호가 가자마자 다짜고짜 핏기 오른 상구 대장 목소리가 들렸다.

"이 새끼가 너 죽으려 환장했어? 동막이 놈 말이 맞냐고 이 새끼야! 니랑 나머지 새끼들이 대장 죽이겠다고 반란을 일으켰다는 게 맞냐고? 미친 새끼야 하극상은 죽음인 걸 몰라서 그래! 어, 네 놈 때문에 내 목도…."

그리고 상구 대장은 사납게 끊었다. 창섭도 전화기를 던져 버렸다. 두려움이었다!

군용 침대에 던져놓은 충기와 반대편 숙소 바닥에 뒹굴며 세상모르고 잠든 패거리는 더는 창섭의 머릿속에 없었다. 무조건 도망쳐야 한다는 생각뿐이었다. 사무실을 **빠**져나간 창섭은 출입구로 달렸고 앞에 세워진 군용 지프를 미친 듯이 몰았다.

어디로 가는지도 몰랐다. 그냥 이곳을 빠져나가야만 한다는 생각뿐이었다. 한참을 달리다 제주시를 향하는 자신을 발견했다. 새별오름이 보였고 울퉁불퉁한 신작로가 느껴졌다. 그제야 충기와 패거리가 생각났다.

'죽었을 거야!' 공포로 부르르 떨리던 그의 주먹에 운전대가 휘청였다. 그리고 생각이 움직였다. '뭘까? 상구 형도 알았잖아! 근데 왜 갑자기…?' 생각이 거기까지 닿자 머릿속이 환해졌다. 날이 밝았다. 동쪽을 향해 가던 앞창으로 눈이 멀게 태양이 번쩍였다. 지프는 감당할 수 없던 광명에 길을 잃었고 비틀거리다 결국 멈춰버렸다.

세워놓았던 셈으로 패거리를 던져놓고 앞서 밤길을 달렸던 동막은 불빛 하나 없는 신작로를 광기로 달렸다. 한참 후 제주시 불빛이 보였다. 불빛에 신이 난 그는 미친 듯이 액셀을 밟았다.

"빙신새끼, 크크 넌 이제 끝이여! 네깟 것들이? 하하, 하하."

열린 차창 문으로 매서운 바람이 거침없이 들여 닥쳤다.

추위에 몸을 으스스 떨면서도 얼굴은 환희를 감추지 않았다. 혼자만의 차 안에서 쾌재를 불렀다.

"이놈의 제주, 이놈의 추위! 크크 웃뜨르 ㅂ룸은 역시 이 맛이쥬! 하하, 하하!"

일대는 희번덕거리는 동막의 살기로 가득했다.

끝나지 않은 끝

결혼을 위한 의논이 대충 끝나고 상견례도 마무리로 접어들었다.

건배를 제안하는 윤철의 목소리에 순영을 제외한 모두가 잔을 잡았다. 한시름 놓는 선우와 은지도 서로를 보며 안도를 나눴고 앉은 순영의 구부러진 몸도 조금은 펴진 것 같았다.

은지 할아버지는 잔을 한층 더 높이 들었다.

"그럼, 건배사는 제가 하겠습니다!"

강압적인 목소리로 건배사를 제안했다. 은지는 다시 입술을 깨물었다. 부산에 내려오는 내내 부탁하고 또 부탁했었다.

"할아버지, 상견례 날만은 네에?"

그럴 때면 세상 둘도 없는 사랑스러운 시선으로 바라봤

다.

"그래, 우리 은지를 위해서 할애비가 못 할 짓이 뭐가 있어! 걱정하지 말고 이거나 먹어요."

어제 저녁 식사 때도 스테이크를 썰어 아기 먹이듯 먹이며 약속해 주었다. '모지리'였던 딸 경자에게도 은지가 예쁜 짓으로 그의 기대를 한껏 올리고서야 무한도 블랙카드를 주며 사람 취급했었다.

'그리 약속해놓곤… 내가 못 살아!' 끝까지 어제 말과는 다른 할아버지에게 짜증이 났지만 그래도 자신을 챙기는 선우를 보며 참가로 했다. '은지야 괜찮아! 다 지나갈 일인 걸'이라며 눈으로 말하는 선우에게 위로받은 은지는 '시간아, 어서 지나라.'라며 주문을 외웠다. '다 끝났어. 그래 이젠 다 끝난 거야!'

하지만 끝날 때까지 끝난 게 아니었다. 건배 후 자리만 일어나면 되는 그때 할아버지는 여태 구부정한 자세로 자신만 뚫어져라 보던 순영에게 농을 치는 추태를 보였다.

"하하! 어르신 제가 멋지긴 멋진가 봅니다. 여태 저만 보시고. 상견례도 끝났는데 데이트라도 해드릴까요?"

좋은 마무리로 끝날 상견례에 기어이 찬물이 끼얹었다.

상견례 내내 참기만 하던 윤철도 더는 참지 못하고 벌떡 일어났고 현정의 목청이 찢어졌다.

선우가 마지막 자존심까지 버려가며 사과하고 정리가 되는 듯 싶었지만 은지 할아버지는 상황을 다시 어렵게 만들고 말았다.

"하하, 아직들 어리셔서 저의 위트를 받아들이지 못하시나 봅니다. 저, 저거 보세요. 지금도 저만 보며 몸이 여기까지 오지 않습니까! 허허."

"선우 할머님 남자 보는 눈이 보통은 넘으십니다. 하하."

상황은 더 얼어붙었고 너무 당당하기만 하던 은지 할아버지는 그걸 아는지 모르는지 말을 더 이었다.

"저보다도 한참 밑이라 편하게 한 말이었는데 그래요. 그만들 하시죠. 자 끝난 것 같은데 그만 하죠."

그리고 아들의 만류에도 불구하고 그 사이 순영의 몸이 한층 더 은지 할아버지에게 가까워져 그의 턱밑까지 다가 갔다.

오해와 착각

혼란기 제주에서의 서북청년회 만행은 날이 갈수록 심해졌다. 자신들의 기득권을 이데올로기로 치장한 악행이 너무 심해지자 그들을 부리던 윗선들까지도 부담스러워하기 시작했다는 걸 눈치 빠른 동막이 모를 리 없었다.

독살스러운 그는 무슨 짓을 해서라도 내쳐지기 전에 선수를 쳐 살길을 찾아야겠다 마음먹었다. 그동안은 정처 없이 떠돌던 아방 고향을 막무가내로 육지 그곳이라 우기며 서북청년단과 같은 족속이라는 떼를 치면서 그들의 비호를 받아냈고 모리배 중 한 명이 되었지만 더는 그런 수로 해결이 나지 않을 거라는 걸 잘 알고 있었다.

사실 자신을 어멍 배에 배게 해놓고는 사라진 아방이 어느 마을 사람인지는 물론 제주껏인지 육지껏인지도 당최 알 수 없었다.

일가 없이 살다 어린 자신만 두고 일찍 돌아가신 어멈조차 아무 말도 해주지 않았기에 아방 고향은 어멈만 아는 비밀로 사라진 사실이었다. 살기 위해 목구멍에 욕심을 채우려 여기에서는 이 말, 저기서는 저 말을 해댄 것뿐이었다.

그리고 이제는 또 다른 선택을 해야 했다.

더 높이 올라가지 않으면 죽는다는 위기감이었다. 걸신들린 놈처럼 시체 입 속을 뒤져 금니까지 다 빼내 당시 최고 실권자라 여겨지던 이들에게 끊임없이 뇌물을 상납했다. 결국 큰 위세도 가지게 되었지만 그만큼 많은 적이 생겨났다. 더구나 성질을 참지 못하고 명분 없이 고향이라고 했던 마을 하나를 하룻밤 사이에 초토화한 전력은 끈 없는 동막의 목줄을 죄는 구실이 되어갔다.

"쌍놈의 새끼 때문에 쪽팔려선 원, 너무 나대는 게 불안합니다. 혹여 단장님 명성에 흠이라도 끼칠까 전 걱정입니다."

단장 술잔에 독주를 따르며 동막의 흠을 들추던 부단장은 무릎까지 꿇었고 속내를 알아차린 단장은 인상을 찌푸렸다. 놈들의 아첨과 하소연이 신물이 나고 있었다. 들이미는 선물이라는 것들도 고만고만했고 바라는 건 날이 갈수록 많아졌다. 어지간한 뇌물에는 꿈쩍도 하지 않았다. 심드렁해진 단장은 버럭 화를 냈다.

"뭐? 그게 무슨 문제라고! 다 애국하는 거지!"

얼마 전까지도 근본 없는 놈이라고 동막을 씹어대던 단장의 다른 반응에 부단장의 머릿속이 바빠졌다.

"그렇긴 하지만 단장님 체면도 있는데 너무 대놓고…. 이러다 미군정이나 각하께 싫은 소리 들으실까 걱정입니다."

진땀에 겨드랑이까지 축축해진 부단장의 입이 말려왔다.

해방 전까지 기생집이었던 방석집의 큰 교자상에는 집어 먹을 게 넘쳤지만 자신의 윽박지름에 부단장이 몸을 사리며 부침개 하나 입에 넣지 못하자. 단장은 기분이 좋아졌다. 음식을 먹으며 음흉한 미소까지 지었다.

미식가를 자처하는 그는 요리들을 하나씩 음미했다.

"으음 괜찮네. 자네 덕분에 내가 환갑상을 미리 받았어! 흐음, 동막인가 하는 그놈, 그놈 성이 뭐야?"

요리를 해치우다 뜬금없이 동막의 성씨를 묻자 그딴 건 상관도 없던 부단장은 당황했다.

"아, 성씨 말입니까? 그놈 성씨가 뭐 중요하겠습니까! 단장님 김 씨던, 박 씨던 말입니다. 쥐만 잘 잡으면 되지 않겠습니까! 하하."

노림수를 다시 알아채려 머리를 돌리며 그의 술잔을 채웠다. 몸은 일으켜 끝없이 고개를 숙였다. 두말하지 않겠다는 복종의 제스처였다.

채워진 술잔을 지긋이 노려보던 단장은 추잡한 미소를 짓더니 그 독한 걸 단숨에 털어 넣었다.

"바로 그거야, 그거! 그깟 새끼 내막이 뭐가 중요해!"

단장은 짧은 말을 무겁게 내리꽂고는 앞에 놓인 갈비를 곰 발바닥 같은 두 손으로 사정없이 뜯어댔다. 더는 이렇다 할 어떤 말도 더는 하지 않았다.

이빨에 힘을 줄 때마다 양념과 갈비 살점이 파편처럼 튀어 나갔고 앞에 있는 부단장 얼굴과 옷에도 그 흔적이 명확해져갔다.

"네! 단장님 편안한 식사 되십시오!"

뒤틀리는 속을 부여잡고 방을 나온 부단장은 얼굴이며

옷에 묻은 찌꺼기를 손으로 쓱 닦았다. '그래, 니똥 굵다. 잘 먹고 퍼질러 싸라. 씨발.' 홧김에 막말을 뱉어보지만 단장 말이 틀린 건 없었고 자신 또한 그리 생각하긴 했지만 먹은 뇌물이 있었고 그래서 그런 말을 했다는 걸 단장이 눈치 챘으면서도 모르는 척하고 있었다. 부단장은 앞으로의 처신을 궁리하느라 골머리가 아파왔다. '씨발, 곰탱이가 눈치는….'

깊은 밤 긴 골목으로 들어선 그는 두툼한 야전잠바 호주머니에서 꺼낸 미제 라이터를 괴롭혔다. 그리고 드러난 불빛 늦은 밤 그곳은 텅 비어 있었다. 주인아주머니가 장사가 파한 지금도 가마솥 주변을 연신 닦고 있을 뿐이었다.

몸을 수그리며 들어간 부단장은 따뜻한 가마솥 주변이 아닌 언제나처럼 냉기 드는 입구 쪽에 자리를 잡았다. 습관인 듯 주인은 국밥 하나를 말아 그이 앞에 두고 갔다. 나무 창살에 끼워진 유리 너머 어두운 밤을 보았다. 유리 가까이 얼굴을 들어 건물 사이로 보이는 좁은 하늘을 우러러보았다.

제주 서쪽을 깡그리 짓밟고 잠자리에 들 시각 혼자 동막을 찾은 창섭은 각을 맞춰 경례했다. 동막을 처음 만났을 때 실실 웃으며 갑장이라고 만만하게 대하다가 죽기 직전까지 맞은 적이 있었던 창섭은 그다음부터는 무조건 깍듯했다.

"지난번에 말씀드린 데로 마누라 해산날이 코앞이라 고향에 다녀오겠습니다. 첫애 때도 혼자…. 이번에는 대장님이 애들…."

말을 끝까지 들을 생각이 없던 동막은 야전 침대에서 벌떡 일어나 앉아 목을 쭉 빼고 창섭을 올려다보았다.

"무사? 뭐? 언제는, 니가 뭐? 핸? 내가 다 했지. 무사? 이참에 마누라 산달 핑계 대고 육지 상부에 아부 하영 할꺼라?"

창섭의 배를 쿡쿡 찌르던 동막은 우물거리며 모은 가래침을 바닥에 뱉었다. 동막의 턱으로 남은 가래침이 흘러내렸다.

"경 허든가! 이왕 하는 김에 내 얘기도 고르라. 알안?"

갑장이고 생일도 자기가 빠르지만 이렇게 밟히기만 하는 자기 신세에 들이박다 죽어볼까도 했지만, 다녀오라는 답을 듣지 못한 창섭은 반 시각이나 벌을 섰고 동막은 어기적거리며 차렷 자세로 굳어 있던 그에게로 다가갔다.

어깨에 손을 턱하고 얹더니 내리꽂듯 힘을 빡 주자 창섭은 외마디 비명을 지르며 휘청하고 몸이 굽었다. 파고드는 통증에 어금니를 꽉 깨물었다.

힘깨나 쓰며 온갖 살귀짓은 다 한 창섭도 머리 하나는 더 큰 동막은 이겨내질 못했다. '씨발놈아, 그래 계속 까불어라. 이런 날도 곧 끝날 테니!' 그의 속마음을 아는지 모르는지 동막은 턱에 흐르던 가래침을 손으로 훑어 그의 얼굴에 문대듯 처발랐다.

"그래, 마누라 년이 둘째 잘 싸지르는가? 꼭 확인허영! 혹시 네놈 씨 맞을랑가? 어? 아닌가? 큰 새끼도? 큭큭 하하 히히 하 하하."

비아냥과 조롱 질에 배꼽을 잡고 웃어 재끼다 급기야 바닥에서 뒹굴고 삿대질까지 하며 웃어대는 동막 놈을 정말 처발라 지금 당장 멱을 따고 싶었지만, 거사를 준비하던 창섭은 이가 부서져라, 참고 또 참았다.

그리고 그 길로 육지로 가는 배에 오른 창섭은 갑판에서 멀어져가던 제주를 보며 '그래, 다시 저놈의 땅을 밟을 때는 저 새끼 멱 꼭 딴다. 건방진 새끼.' 시커먼 바다는 겨울

바람에 집채만 한 파도를 내지르고 있었다.

빽적지근한 책상에 귀한 가죽 소파까지 이인자의 방은 휘황찬란했다.

'역시 부단장 위세는 대단하네. 그래 이번엔 꼭 죽어도 그 새끼 죽여준다는 확답은 받고 가는 거다! 암, 그간 쓴 돈이 얼만데…!' 백열등 스텐드만 켜진 침침한 방에서 초조하게 기다리던 창섭은 문이 열리자 벌떡 일어나 무조건 경례를 붙였다.

"안녕하십니까. 제주에서 빨갱이 토벌하는 서북청년회 열혈 단원 김창섭입니다. 지난번 보고에 올렸다시피 동막 그놈은 빨갱이랑 내통하는 간첩입니다. 진짭니다. 명분도 애국심도 없는 순 짐승 새낍니다!"

마누라 핑계로 육지에 다니러 간 창섭은 상구 대장 소개로 그동안 긁어모은 돈을 갖다 부어 부단장이라는 동아줄을 잡았다. 그리고 오늘 대단하다는 부단장을 직접 만나는 영광을 가졌다. 야심가인 그가 자신의 입지를 위해 자금을 끌어들이고 있다는 걸 진즉 알고 있었다.

창섭은 이번이 동막을 몰아내고 자신이 그 자리를 꾀어

찰 마지막 기회라는 생각에 물불을 가리지 않았다. 동막의
비리를 모은 서류를 그의 책상에 놓았다. 목숨 걸고 모은
자료였다. 동막이 안다면 자기 멱을 따고도 남을 거라는
걸 알았기에 공개하기까지는 피 말리는 고민이 있었다.

거수경례를 한 채로 속사포같이 내뱉은 그는 숨을 고르
며 부단장의 답을 기다렸다. 바짝 긴장한 창섭과 달리 여
유롭기만 한 그는 맨 뒤에 놓인 책상에 걸쳐 앉아 파이프
를 물었다.

"조용히 하고 앉아봐. 그래 뭐? 동막인가 하는 그 새끼
죽여주면 돼?"

그는 책상 위에 있던 독한 위스키를 병째 벌컥이고 말을
이었다.

"가져온 것 다 내놓고 그만 꺼져. 난 피라미랑은 말 안
섞는다." 그리고는 마지막 말만 남기고 일어나 휑하니 책
상 뒤로 난 문으로 사라졌다.

"야, 강 보좌관, 저 촌놈의 새끼 국밥이나 한 사발 먹여
보내."

얼마를 퍼부었는데 자신을 보좌관 나부랭이에게 던져놓
고 사라진 그를 믿어야 하나, 괜한 짓을 해서 자기만 위험

에 빠지는 건 아닌가? 썩은 동아줄을 비싼 돈에 잡은 건 아닐까? 여러 걱정이 몰려오자 창섭은 휘청거렸다.

앞 소파 등받이를 겨우 잡고 버틴 그는 '그 새끼 죽이려다 내가 먼저 가는 거 아냐?' 한숨을 땅이 꺼져라 내놓는 순간 산만 한 덩치에게 목덜미를 잡아 채였다. 힘이 얼마나 셌던지 낚아채 지면서도 목구멍이 막혀 속으로만 비명을 질러대다 끌려간 곳은 뒷골목 허름한 국밥집이었다.

보좌관이라는 놈은 그곳에 내려꽂힌 창섭에게 엄포를 쳤다.

"기다리면 제주, 네놈 해라 하실 거다. 그전까지는 경거 망동 말고 죽은 듯이 있어!"

진흙 바닥에 만신창이가 된 창섭은 국밥집 흐릿한 불빛에 비친 그놈의 얼굴을 보다 오줌을 지를 뻔했다. 흉한 건 못 본 게 없던 그였지만 얼굴 반쪽이 눌어붙은 끔찍한 화상 자국은 난생처음이었다. 더구나 여태 본 놈 중 가장 힘 센 동막 놈도 상대가 안 될 정도였다. 덩치도 동막 놈 두 배는 되어 보였다. 거인 같은 사내가 자신을 죽이지 않고 여기까지 끌고만 왔다는 생각이 들자 온몸의 살이 바짝 서는 것 같았다.

'안 죽고 끌려 온 것만도 어디냐!' 진땀이 줄줄 흐르는 몰골은 자다 경기한 젖먹이 품새였다. 그놈은 주인아주머니에게 손가락으로 1이라 수신호를 하고는 다시 한 번 엄포를 놓고 사라졌다.

"어르신한테 불똥이라도 튀게 하는 날에는 네 놈은 내 손에 죽을 줄 알아"

창섭은 자기 앞에 국밥이 놓이자 미어져라 입에 밀어 넣었다. '이제 제주는 내 것이다. 내 아가리에 다 처넣을 거다! 이젠 제주를 씹어먹을 일만 남았다.'라며 아귀가 터지게 퍼먹었다. 눈은 욕심이 된 악으로 이글거렸다.

드러난 진실

"동막 네 이놈! 내 새끼 죽이지 말라게!"

은지 할아버지를 향해 균형을 잃은 듯 숙여지던 순영이 갑자기 그의 멱살을 잡고는 괴력을 발휘했다.

세상에는 없는 힘이었다. 평소 순영의 목소리라고는 상상할 수도 없을 만큼 거친 목소리였다. 아무도 상상하지 못한 순간에 모두의 시간이 멈췄다.

경기하듯 고래고래 고함을 지르더니 은지 할아버지를 동막이라 부르던 순영은 잡은 멱살을 신들린 듯 흔들어 재꼈다. 갑작스러움에 거대한 그도 맥없이 당하기만 했다. 귀신을 본 듯 얼이 빠졌다. 그의 딸 경자는 동막이라는 이름에 사색이 되어 입을 틀어막고 뒷걸음을 쳤다.

동막이라는 이름은 다시는 말하면 안 되는 아버지의 숨은 원래 이름이었다. 어릴 때 '아빠 이름은 동막'이라며 철없이 웃다 마당으로 집어 던져졌던 일을 평생의 트라우마로 기억하고 있었다.

순식간에 테이블 위에까지 올라간 순영은 광란을 벌였고 치마에는 빨간 딸기와 하얀 크림이 범벅되어 얼룩졌다. 멱살을 거머쥔 주름투성이 손의 부풀어 오른 푸른 정맥은 당장에라도 터질 것 같았다.

빙의가 된 듯 이번엔 젊은 여자의 목소리로 악다구니를 쳤다.

"우리 서방이 뭔 죄췄수까? 삼춘한테 잘 헌게 죄라? 고라봅써!"

일그러진 입은 분노로 떨렸다. 그러다 이제는 아기 목소리로 울며 이미 산발이 된 머리를 흔들어 재꼈다.

"피 낭 어떵허잰? 우리 어멍, 할망 머리통에 피 하영 나메! 삼춘 불내지맙써예, 무서워마씨 살려줍써!"

은지 할아버지는 아기 목소리에 경기하듯 소름 돋더니 정신을 수습하고는 순영의 양손을 우악스럽게 잡고 집어 던져 바닥에 패대기쳤다. 하지만 아무 힘도 없는 빈껍데기만 같던 순영은 날아가듯 휘청하면서도 멱살을 잡은 그 손을 풀지 않고 축 처진 몸뚱아리로 매달렸다. 그리고 은지 할아버지는 두려움에 몸을 떨었다.

오랜 세월 숨기고 있던 자신의 이름 동막을 부르며 멱살 잡이하는 것도 모자라 한 줌도 되지 않는 노인네가 자신의 힘을 이겨 먹는 상황이 소름 끼치게 무서웠다.

분명히 소름 끼치는 기적이었다. 순영의 그 모습에 다른 사람들도 어리둥절했고 넋이 나간 듯했다.

순영은 마지막인 듯 발악하며 잡은 멱살에 힘을 주고 발버둥 쳤다. 그 통에 식탁 위에 있던 접시와 커피잔은 사방으로 떨어져 박살이 났다. 우아하던 이곳은 난장판이 되었다. 이제는 굿하는 무당의 살벌함이 일었다.

"살려줘써…."

찢어지게 외치다 기절하듯 쓰러졌다. 순식간에 초고속 허리케인이 휩쓸고 간 것이다! 그제야 멱살을 잡은 손에 힘이 풀렸다.

"노망난 미친년이! 어찌, 이런 천한 것들을 만나서!"

사색이 되어 비틀거리던 그는 분했던 악다구니를 살벌하게 뱉어내고는 순영을 집어던졌다. 그리고 죽이기라도 하겠다는 듯 달려들었다. 좀 전까지도 넋을 놓고 있던 윤철은 은지 할아버지의 고함에 본능적으로 몸을 날렸고 그의 주먹을 피하지 못하고 대신 나가떨어지고 말았다.

그리고 그때 뒤에 있던 순영도 같이 넘어졌고 깨진 그릇에 뒤통수가 찢어지면서 바닥은 순식간에 피바다가 되었다. 식구들의 비명이 들렸고 잠시 후 호텔 지배인이 직원들을 데리고 달려왔다. 하지만 그들은 은지 식구들만 챙겨 자리를 떠났고 남은 선우 가족들은 순영을 부여잡고 울음을 터트렸다.

선우는 눈보라에 꺾인 나무처럼 서 있기만 했다.

그리고 119 대원들이 들이닥쳤다. 피투성이가 된 순영과 은지 할아버지 주먹에 맞아 얼굴이 부어오른 윤철은 구급차에 실려 갔다. 나머지 가족도 서둘러 병원으로 향했다.

몰살의 서막

1948년 어느 날 제주 동쪽 바닷가 마을은 횃불로 대낮같이 밝혀졌다. 횃불 무리는 마을 중심에 있는 제일 큰 윤가 집을 향했다. 동막 패거리인 그들은 그곳에 들어서자마자 다짜고짜 불을 지르고 집안 사람들을 끌어냈다. 바로 몽둥이찜질이 일어났다. 팔에 완장을 차고 거들먹거리는 동막 놈 상판에는 독이 바짝 올라 있었다.

"안에 있던 연놈들은 다 끌어내라. 말 안 들으면 다리를 확 분지러불게 알안!"

횃불을 든 사내놈들은 집을 싹싹 뒤져 사람들을 마당에 패대기쳤다. 하지만 안방에 앉은 집 주인은 달랐다.

"동막이 데려오라. 나가 여기서 말 고르켜. 어디 친구 아방을 오라가라 해져? 어디서 배운 짓거리라."

겁 없이 거친 말을 쏟아내는 그는 팔척장신에 마을 등돌

들기에서 작년까지도 일등이던 집 주인 윤만수다. 하지만 구둣발로 안방까지 들이닥친 동막은 코웃음을 쳤고 한물 간 중늙은이가 왕년의 기세만 믿고 까분다 여겼다.

"하영 고라봅써, 친구 아방? 그게 뭐라? 우리 아방도 여기 있시민 죽여 불건디 친구 아방이 뭐 마씨? 벼슬?"

우악스러운 주먹으로 윤가를 대청마루로 집어 던져지자 윤가는 구르다 마당으로 떨어졌다.

"아이쿠야, 저놈이 사람 죽이네. 씨부랄 놈이 위아래도 모르고 패악질 부렴쪄! 저놈의 버르장머릴 고칠 사람 어디 어시냐?"

하지만 동막의 손아귀에서 단숨에 바닥에 코를 박고 피를 철철 흘리는 그를 도울 이는 없었다. 그사이 마을 사람들까지 구경꾼 처럼 마당에 모여들었고 윤가 각시와 똘까지 흙범벅이 되어 마당을 기었다.

"살살합써, 아직 애도 안 밴 비바리 배를 어떵 저추룩 차져?"

"그래도 친구 아방인데 구덕 흔들 듯 저리 먹살을 잡아채면 어떵허잰."

웅성이는 소리에 더 기가 산 동막은 마당 한가운데로 위세 좋게 걸어 나왔다.

"어디 가시? 어디 숨겨서?"

윤가네 장남 윤혁을 찾아, 온 마을을 발칵 뒤집은 그는 마을까지도 싹 다 불 싸지를 기세였다.

윤가의 아들인 이 집안 삼대독자 '혁'은 마을에서 경찰을 하다 이번 경찰 파업에 연루되었다는 혐의로 직책을 몰수당하고 쫓겨난 상태였다. 그러다 얼마 전부터 자취가 모호했고 행방이 묘연해지자 동막과 서북청년회가 집까지 쳐들어간 것이다. 빨갱이 놈들과 내통한다는 게 명분이었다.

흙투성이가 된 윤가는 더는 위세를 떨 상황이 아님을 깨닫고는 이번에는 통사정을 해댔다.

"동막아, 네 어멍 죽었을 때도 네 사정 다 알아, 장지며 다 대 줘신디, 은혜를 원수로 갚아도 유분수주 뭐하는짓이라?"

그간 부자라고 위세를 부릴 때는 꼴 사나와 뒷말 단골 안줏거리였던 윤가였지만 그간 인심을 잃지 않았던 지금은 그를 모두 안타까워 했다.

하지만 그 말에 멈출 동막은 아니었다. 도리어 화를 더

지피는 꼴이 되었다.

"그래서 뭐? 어떵허잰?"

'그래 마음 약해지면 출세고 뭐고 없어양, 세상이 막 호락한 게 아니!' 동막은 어멍을 들먹이는 윤가 말에 잠시 움찔하는 자신을 속으로 다그치고 윤가의 무릎을 군화로 짓이겨 억세게 밟았다.

"뭐래 고람써? 신세는 무슨 신세? 뚫린 입이라 막 지껄이지맙써!"

완장을 윤가 눈앞에 바짝댔다.

"이것 봅써! 이거면 네놈 재산이며 각시에 딸년까지 싸그리 죽여줄 수이서. 알안? 새끼가 늙었다고 봐 줬더니. 만수 새끼야 빨갱이랑 내통하는 네놈의 아들놈 어디서? 빨리고르라."

아방 벌 되는 그의 멱살을 마구 흔들며 이제는 윤가라고도 부르지 않고 상스럽게 이름을 막 불러댔다. 허벅지에 죽창이 꽂히고 허벅지 위로 핏물이 고였다. 비명에 모여든 사람들은 몸서리를 쳤다.

"네 경찰 아들놈이 사상인가 하는 것에 빨갛게 물들엉 빨갱이 짓 한거 알안?"

윤가의 머리채를 위로 집어 당기고 꿇은 무릎이 위로 들
릴 때 죽창 꽂힌 허벅지를 사정없이 군홧발로 짓누르자
치 떨리는 비명이 또 온 마을을 들썩였다.

결국, 호랑이 같은 윤가도 동막에게 머리를 숙였고 피투
성이 다리를 펴지도 못하고 바닥에 머리를 조아렸다.

"실성해거네 말이 헛 나왔쥬! 한 번만 봐주라. 육촌 당숙
집에 잔치 이서난 나 대신 갔져. 믿어 주라게 진짜로 고는
거여게. 다 진짜양 의심나면 육지에 알아보고!"

동막의 패악질에 피를 토하기에 이르렀고 윤가 각시와
똘이 그 앞으로 달려들었다. 똘 선영이 먼저 매달렸다.

"동막 오라방 한 번만 봐 줍서! 내가 대신 잡혀 갈꺼난,
그만 하게 마씨."

이러다간 아방도 죽고 어멍은 물론 자신까지도 어찌 될
줄 알 수 없었기에 수틀려도 참고 동막에게 아양이라도
떨어보자 한 것이다. 상군인 어멍을 따라 물질하던 선영은
이미 중군에 인물도 반반한 게 꽤나 값나가는 각시 감이
었다.

"니는 가봤자 소용어서. 물질하러 가는 거 아니."

선영의 매달림에 동막은 속으로는 쾌재를 불렀으나 짐

짓 아닌 척 다른 말을 하는가 싶더니 이내 시커먼 속을 드
러냈다.

"심심허믄 나랑 놀고게. 나중에 숙소로 오든가. 흐흐."

대놓고 히롱하자 선영이 뭐라 대꾸할 사이도 없이 대단
한 성격인 윤가 각시 설이가 동막에게 덤벼들었다.

해녀 상군에 물질하는 해녀들을 이끄는 대장 해녀라는
권세를 믿었다.

"야, 니 권세가 그리 쎄냐? 적당히 허라! 어디 우리 딸까
지 탐내메! 그러면 나도 고만히 안이시키어!"

여자지만 웬만한 남정네보다 힘도 센 해녀 우두머리 설
이가 핏발을 세우고는 죽이라며 고함을 질러대자 동막도
주춤거렸다.

짝사랑 선영을 어찌해볼 심산에 꿩도 먹고 알도 먹으려
했던 수작을 이쯤에서 멈춰야 했지만 여기서 멈추는 건
체면의 문제였다. 죽창을 들어 겁을 주려 했고 그때 옆에
있던 을석이 팔을 낚아채고는 동막을 달랬다.

"너영 나영 혁이네 집에서 얼마나 신세 진지 알안? 고만
허라게 내 얼굴을 봐서라도 한 번만 봐 주라. 선영이 잘못
건들면 물질하는 아주망들 가만있지 않을거라 그땐 어영

허잰!"

　귀엣말로 눈치를 주는 을석의 말이 맞기도 했기에 못 이기는 척 을석 손에 이끌려 그쯤에서 멈추기는 했다. 그렇게 무서운 밤 난리는 일단 끝났지만 다음날도 동막은 경찰질하다 빨갱이가 된 윤혁을 찾는다며 온 마을을 뒤집고 다녔다. 대신 분풀이할 놈이라도 잡아내야만 했다.

　어수선한 시국에 선생질도 못하게 된 을용은 툇마루에 앉아 풀어놓은 독이며 빙아리와 노는 딸 순영을 보다 변해가는 세상에 한숨을 쉬고 있다.

　'이렇코롬 사는 게 사는 건디….' 명수 삼촌네 밭에 가서 일을 해주기로 한 날이라 서둘러 밭일을 끝내고 뭐라도 얻을 요량에 끼니도 해결하러 삼촌 집으로 향하던 을용은 말로만 듣던 패악질하는 동생을 보고 말았다.

　충격적인 광경에 배고픔도 잊고 길을 돌려 집으로 줄행랑을 쳤지만 무서워서가 아니었다. 삼촌 보기 민망해서도 아니었다. 아니 그 두 개가 이유이기도 했지만, 벌겋게 달아오른 얼굴로 명수 삼촌을 짓밟는 을석이 내 동생이 맞나 싶었다.

알던 동생의 얼굴이 아니었고 동생의 평소 행동거지가
아니었다. 그리고 그 뒤에서 팔짱을 끼고 히죽거리는 동막
을 보고는 살 떨리는 소름을 느꼈었다. '저 씨부럴 놈이 을
석이를 가지고 노는구나!' 생각이 거기까지 미치자 더는
여기에 있으면 안 되겠다 싶었다.

빈손으로 집으로 돌아온 자신에게 군말 대신 방금 찐 옥
수수를 건네는 착한 각시 손을 슬그머니 잡았다. 잠자코
옥수수 한입 베어 물던 을용은 기어이 울음을 터트렸다.

"내가 못나 그러메! 동생 하나 건사 못하는 빙신임쩌!
흑흑흑."

순영은 진작에 잠들었고 어멍도 잠에 빠진 깊은 밤, 다
정한 서방이 눈물 쏟은 일이 걸렸는지 각시는 서방을 앞
툇마루로 살쩍이 불렀다.

"와봅써!"

빼곡히 내민 각시 손에 대접이 들려있었다.

"메밀 조배기이, 왕 먹어봅써. 이럴 때 먹젠 남겨 난 걸
로 핸!"

각시는 옆으로 다가온 서방에게 한 숟갈 먹여줬다. 구수

하니 쫀득한 게 기가 막혔다.

"같이 먹게."

을용은 숟가락 가득 뜬 조배기를 각시에게 먹였다.

"맛 좋은게!"

서방이 먹여주는 조배기 한 입에 복사꽃이 되었다.

"이것도 한입 듭써."

정구지 겉절이 한 젓가락을 서방 입에 넣고는 밤하늘을 올려다본다. 별이 바다를 이루고 있었다.

느지막에 일어난 을용은 창호지 발린 쪽문을 열었다. 부지런한 어멍은 이미 나간 뒤였다. 각시는 정지에서 소리를 낸다.

"아버지 일어나안?"

요망진 뚤은 고개를 갸우뚱한다. 예쁜 척 엉강을 부리는 순영은 눈에 넣어도 아프지 않은 내 새끼다.

"뭐하메?"

눈웃음에 을용의 눈은 실날 같이 되고 똑 닮은 순영의 눈도 그린 듯 반달 선이 되었다. 빙아리 옆에서 큰 빙아리처럼 앉은 순영은 마당에 뿌려 놓은 빙아리 밥을 주워 먹는다.

"순영아, 이거 먹쟨?"

마침 정지 밖으로 나온 각시 손에는 어제 쪄 놓은 옥수수가 들려있다. 쪼로로 어멍에게 달려간 순영은 옥수수 두 개를 받아 든다.

"이거 나 먹쟨, 이건 빙아리 줄꺼!"

다시 빙아리 곁으로 '쪼로로' 간 순영은 알맹이를 '톡톡' 까곤 바닥에 '또르르' 굴렸다. 빙아리들이 모여들었다.

하던 선생질을 못하게 되자 어려워진 살림은 어멍이 물질해 겨우 먹고 사는 처지가 되었다. 독 몇 마리로 독새기 까고 빙아리 키우는 것이 힘든 살림살이 밑천이긴 했지만 어린 순영 앞에선 그냥 소꿉놀이 친구일 뿐이었다.

지나던 고냉이와 강생이들이 마당으로 들어오면 그때마다 순영은 나무 작대기로 쫓아내곤 했다. 자기만의 소꿉놀이에서 어멍 역할이 자신인 듯 고것들을 새끼인 양 돌보고 있었다.

잠수만 하면 머리 아픈 병 때문에 갯 것임에도 어멍만 물질하러 보내는 각시는 죄스러움에 눈만 뜨면 밭일에 고사리 꺾기에 열심이고 안거리 밖거리 살던 것도 합쳐가며 시어멍 봉양도 유별났다. 그런 각시도 오늘은 집에서 서방과 여유로웠다. 아침 일찍 물질 나가던 어멍의 엄명 때문이었다.

"오늘은 걍 집에 있으라게. 오랜만에 세 식구 오순도순 맛난 것도 해 먹쥬. 아방한틴 독새기 까주고 양!"

급히 나가면서 등 뒤로 손짓하는 어멍 머릿속엔 어젯밤 아들 며느리 사이좋음에 혹여 순영 동생이나 배에 들어앉았으려나 하는 기대로 가득했다. '아들 손지, 한 개면 더 바랄 것도 없는디!' 어멍은 오늘 물꾸럭 한 마리는 집어오잰 샛바람부터 잰걸음을 쳤다.

순영 노는 것에 빙삭이 웃으면서도 툇마루에 나란히 앉은 각시에게 평소와는 다른 엄중한 목소리로 어제 일을 말했다.

"게난! 서두릅써, 정리할 건 허고, 그전에 살 방비를 해야 할꺼라."

마저 말을 한 을용은 옥수수 하날 다 까먹고 새 옥수수에 입을 댔다. 각시는 빙아리만 먹이는 똘을 불렀다.

"순영아, 너도 먹으라게 어영 오라."

옥수수 알을 손가락으로 '톡톡' 까서 손바닥에 얹었다,

달려온 똘 입에 체하지 않을 만큼 슬쩍이 넣었다. 브룸은 여름답지 않게 선선했지만, 소금기를 이리저리 처바르는 브룸에 속곳까지 끈적이게 했다. 각시에게 어제 일과 앞으로의 의논을 다 뱉은 을용은 명수 삼춘 안부가 궁금해졌다.

"어영 다녀올꺼난 저녁 초리라."

옷을 챙겨 입은 을용은 아무래도 삼춘이 무사한지 알아봐야 했고 뒤 불똥이 어디로 튈지도 알아봐야 했다.

밤이 깊고 저녁상을 물리자 일찌감치 건넛방으로 간 어멍은 초저녁부터 주무신다. 물질의 고단함은 보통이 넘는 일이다. 어멍 코 고는 소리가 안방까지 들렸다.

을석이는 뭐 하고 다니는지 여태 돌아오지도 않았고 똘은 몸질에 온 방을 헤집었다. 얼마나 장대하게 크려고 어린 비바리가 이리도 활발한지 을용과 각시는 서로를 닮았다며 미룬다. 각시는 깊은 밤을 잠들지 못했다. 바느질하느라 눈을 억지로 치켜뜨고 있었다.

미루던 말을 더는 미룰 수 없었다.

"아무래도 영도 이모 집에 가야 할 거라."

무심한 말끝에 뾰쪽이가 달려 있었다. 바느질하느라 고

개를 숙이고 있던 각시는 서방 말에 손을 멈추고 슬쩍이 고개 들어 애꿎은 벽만 째려보는 서방을 봤다.

"상황이 영 심상치 않음쪄! 더는 을석이 놈 힘으로도 어림없을꺼라!"

각시는 대꾸 대신 자신의 가랑이 사이로 들어온 딸 머리를 쓰다듬었다.

"휴, 고향 떠는게 그리 쉬워마씸? 어멍도 그렇고 어떵허잰?"

각시 말에 한숨을 몰아 쉰 을용은 벽 앞에 선 기분이다.

"내가 그놈의 선생질을 한 게 꼬투리가 될꺼마씨! 왜 선생질 그만 둔지 알암시냐? 동막이 놈이 우리 가족 전부가 나 하나 땜시 잘못될 거라 했쪄 내가 계속 선생질하믄!"

을용의 말을 조용히 듣기만 하던 각시가 갑자기 부아를 내며 하던 바느질을 바느질 통에 던지고 눈을 부라린다. 날이 갈수록 억쎈 시어멍 닮아가는 각시가 든든하면서도 걱정이다.

"그딴 이유로 선생 그만 둔거?"

흥분한 나머지 몸뚱이까지 벌떡거리자 어멍 가쟁이에서 머리를 박고 누운 순영이 곧장 깰 듯 잠꼬대를 해댔다. 놀란 을용은 뚤 등을 토닥이며 다시 재웠다.

"잠시만 나가 있게양! 이모님한틴 조만간 갈 테니 준비 좀 해달라 부탁핸. 어멍한텐 아직 골지마랑."

잔혹한 밤

그리고 며칠이 지났다. 아침 샛바람 쐰 아직 여명도 밝기 전 검은 새벽 을용의 집 앞으로 사람들이 모여들었다. 횃불이 밝혀진게 분명 난리가 날 조짐이었다. 웅성거림이 심해지자 오랜만의 집에 와 코까지 골며 단잠에 빠져 있던 을석이 나왔다.

"무사, 뭔 일이라?"

자다 말고 방문을 거칠게 열고 나온 을석은 횃불로 대낮같이 밝혀진 마당에 짐짓 놀랐다. 짐작은 하고 허세를 부리며 나오긴 했지만 바깥은 상상 이상이었다.

마당에 진을 친 같은 패거리인 동막 패거리와 수족처럼 부리던 모리배들이었다. 아마 이 근방 잡놈들은 다 모여든 것 같았다.

'뭐햄시?' 소름이 쫙 돋았지만 애써 침착한 척 하면서도 속은 창자가 얼어붙을 것만 같은 공포에 휩싸였다. 그놈들 하던 짓을 가장 가까이에서 보던 을석이었다. 더구나 언젠가 부터는 자기 또한 그들처럼 패악질하기도 했던 터라 그들의 행패를 너무 잘 알 고 있었다.

"여는 어떵 온 거? 해도 어신디 그만 가서 자라게."

앞장선 동막에게 팔자걸음으로 다가간 을용은 최대한 인상을 구기고 거들먹거리며 동막의 어깨에 손을 얹었다. 그리고 인생을 바꿀 사달이 일어났다.

순식간에 을석의 팔을 반 토막 내듯 꺾은 동막은 을석을 던지고 발길질을 해댔다. 발길에 척추 분질러지는 소리가 났다. 악 소리도 못 내고 핏덩이를 뱉어냈다.

"새끼가 어딜…."

포마드 바른 앞머리가 흐트러지자 손 등으로 넘겨 붙인다.

"에이 씨, 얼마짜리 머린데! 젠장."

을석을 구둣발로 툭툭 친다. 하지만 꼼짝도 하지 않자 구둣발로 휙 넘겼고 피범벅 앞가슴이 드러났다. 비명이 여기저기서 들려 왔다.

"을석아!"

"이 새끼가 뭐 하는 짓이야!"

뒤이어 나온 을용이 툇마루를 나르듯 마당으로 뛰어들었고 동막의 멱살을 잡았다. 소싯적 씨름깨나 했던 그는 순식간에 동막을 집어 던지려 했지만 마음뿐이었다.

"무사, 너도 죽고 싶냐?"

동막의 뻗치는 화기는 마을을 흔들었고 을용은 도리어 던져졌다. 마당 귀퉁이 독집이 박살 났다.

을용은 밖으로 나오기 전에 각시에게 신신당부했었다.

"내가 소리치멍 순영이랑 어멍 데리고 바로 뒷문으로 도망칩써. 알안! 방문은 꼭 잠그고 열지도 말아. 알안!"

"샛바람부터 웬 난리? 성한티 버릇없이 반말 찍찍해대메! 어디서 배운 거라?"

독장에 던져지며, 온몸이 마른 검질과 독털로 엉망이 되었지만 그래도 허세를 부렸다. 아니 더 크게 목청을 돋아 각시에게 도망가라고 신호를 주고 있었다.

마을 젤 구속 집이라 뒷문으로 나가면 바로 오름으로 곧장 나가는 길이 있어 도망치기 딱 좋았다. 오름 중간쯤엔 식구들만 아는 죽은 궤도 있어 숨어 있을 수도 있었다.

"서어엉? 나이만 많다고 성이라? 성, 성 해줬더니 뭐 어?"

죽이기라도 할 기세로 을용에게 가는 동막의 발목을 잡은 이는 쓰러졌던 을석이었다.

"한 번만 봐주라게. 우리 성이 선생질이나 했지, 세상 돌아가는 걸 뭘 알커라?"

언제 정신을 차렸는지 떡이 된 을석은 기다시피 동막을 부여잡았다. 피투성이 형제를 번갈아 보며 가소롭다는 듯이 키득거리던 동막은 패거리를 불러 몽둥이찜질을 해대게 했다. 을석과도 한 패거리였다.

"새벽부터 또 시작이라?"

"친구랜 맨날 붙어 댕기멍 뭐허는 짓거리라 이리 잡아신고!"

"으구야, 그만들 합서. 뭔 죄라고 이리 몽둥이질?"

"어쩡, 을석이도 죽일거라!"

"이추룩은 못 살쥬!"

주변의 웅성거림에 동막과 패거리는 도리어 기세등등해졌고 더 악다구니를 쳤다. 그들을 말려보려 기어이 나서는 용감한 스나이들도 있었지만, 악귀 같은 그들에게는 역부

족이었다.

피떡이 된 을석 멱살을 잡아챈 동막은 갑자기 어처구니 없는 말을 해대기 시작했다. 누가 들어도 어깃장이었다.

"선영이 년 어디 숨겼씨?"

"내 각시 선영이 어딨어?"

얼마 전 난리를 피운 윤가네의 딸 선영을 서슬 퍼런 목청으로 찾았다. 거기다 각시란다. 혼사를 치른 일도 없는 비바리를 자기 각시라며 을석이를 다그쳤다. 누구도 이해할 수 없는 억지였다.

그러고나서 다시 을석을 밟아댔다. 목구멍에서 다시 피가 솟구쳤다. 반항은커녕 비명조차 지르지 못하고 동막에게 밟힐 뿐이었다.

그때 나가떨어져 있던 을용이 비틀거리며 동막에게 다가갔다. 골갱이를 쥐고 있었다. 한쪽 눈은 뜨지도 못하고 얼굴은 피범벅이었지만 기세는 대단했다. 순하디순했던 을용이가 맞나 싶었다.

"뭐라 햄시, 내 동생에게 뭐라햄시이! 내가 네놈 죽일거라!"

순간이었다. 몸도 못 가누던 그는 마지막 힘이라도 쥐어

짠 듯 달려들었다. 골갱이는 동막의 어깻죽지를 찍었다. 짐승 같은 괴성과 함께 을용의 배를 차자 을용은 마당 구석으로 나가떨어졌다. 어깻죽지에 꽂힌 골갱이를 뽑자 피가 솟구쳤지만, 동막은 개의치 않았다.

도리어 눈이 뒤집힌 동막은 자기 몸에 꽂혔던 골갱이로 을용의 몸을 사정없이 찍었고 을용은 난장판이 되었다.

더는 누구도 입을 벌리지 못했다. 모여들었던 마을 사람들도 슬금슬금 뒷걸음을 쳤다. 그리고 동막의 살기가 사방을 울렸다.

"아무도 집에 갈 생각하지 맙써!"

살 떨리는 음성에 등을 돌린 이들조차 멈춰버렸다. 발이 땅에서 떨어지지 않았다. 움직이는 순간 자기도 저 꼴이 될 것 같은 두려움에 벌벌 떨기만 했다.

을석은 바닥을 기었다. 이미 시체가 된 줄 알았던 그는 실낱같은 생명줄을 부여잡고 있었다. 가족을 두고는 결단코 이 세상을 뜰 수 없다는 의지만 남은 듯 기어서 성에게로 다가갔다.

하지만 성의 손을 잡기도 전에 간절함은 끝이 났다. '퍼억!' 그리고 을석은 멈췄다. 사라지지 못하고 이어가던 생명줄은 동막의 골갱이 끝에 끊어졌고 겁에 질려 벌벌 떨던 마을 사람들은 주저앉았고 말았다.

슬금슬금 울음소리가 여기저기에서 나왔다.

그리고 결단코 열리지 않을 것만 같았던 방문이 열렸다. 어멍이 뛰쳐나왔다. 쓰러진 아들들에게 달려가 비통함에 목 놓아 울었다. 그 뒤를 을용 각시가 따랐다. 서방에게 달려가 곡소리도 내지 못하고 온몸을 들썩였다.

동막은 을석과 을용이 죽어 더는 답을 하지 못하게 되자 어멍 같은 을석 어멍을 닦달했다. 하지만 아무것도 모르는 어멍이 답할 건 없었다.

"우리가 뭘 숨겼다 그러메? 윤가 놈 한티 가서 뒤지지 여기 뭐 먹을 게 있다고 난림시?"

깡다구에 자식까지 잃은 설움에 눈물범벅이 된 어멍 눈에 더는 뵈는 게 없었다. 이미 목숨은 내어 논 것이나 진배 없었다.

이미 눈이 뒤집힌 동막에게 모른다는 말은 의미가 없었다.

"마지막 기회라! 선영이 어디서? 딴소리 한 번만 더 하면 내 손에 죽는다게!"

"내 각시 어디 빼돌렸시이."

찢어질 듯한 날카로운 고함에 온몸을 흔들며 광분해 고함을 지르던 동막은 대답을 듣기도 전에 손에 쥐어져 있던 골갱이로 어멍의 머리를 찍어버렸다. 적막에 맥없는 소리가 들렸다. 어멍이 쓰러지는 소리였다.

마음으로 의지하던 시어멍까지 죽자 한켠에서 죽은 서방을 끌어안고 있던 을용 각시는 넋이 나간 정신 없는 눈으로 동막에게 다가갔다.

옆에 있던 패거리는 가만히 두어도 쓰러질 불쌍한 을용 각시에게 몽둥이질을 해댔다. 동막이 미쳐 날뛸 때 나서지 않으면 그 이후에 자신들이 어찌 된다는 것쯤은 너무 알고 있던 그들은 악귀 같은 짓을 미쳐 날뛰듯 해대었다.

연약한 을용 각시의 머리통이 터지고 곱던 얼굴은 엉망으로 뭉개졌다. 곧 핏물이 번졌고 흙바닥으로 스며들기도 전에 또 쏟아지는 핏물에 바닥은 흥건해졌다. 어린 순영이 달려 나왔다.

어멍이 꺼진 아궁이에 숨겨놓곤 나오지 말라 그리 골았건만 그 어린 게 숨어 있을 수 만은 없었을 것이다.

피떡이 된 어멍을 살려내라며 삼촌을 부르는 순영의 울

음은 어른의 비명보다는 연약했지만 더 소름 돋았다.

그렇지만 아무도 아는 척을 할 수 없었다. 단지 동막만이 자기에게 매달려 우는 순영을 던지듯 차 버릴 뿐이었다. 어린 순영은 아방과 을석 삼촌의 피투성이 된 몰골을 보았고 할망의 머리에 꽂힌 골갱이 자루를 보았다.

더는 소리 내어 울지 못했다. 끊임없는 눈물이 흐르던 눈으로 동막 삼촌을 올려다볼 뿐이었다.

난리를 치르고 동막은 패거리를 불러 모아 온 집안을 들쑤시던 그들이 마당으로 나왔다. 순영네 정낭을 넘어서기 전 동막은 뒤 돌아보았고 자기를 빤히 쳐다보는 조케같던 순영의 눈과 마주쳤다.

잠시 멈칫거리던 그는 마을 사람들에게 외쳤다.

"누구도 오지 맙써. 만약에 내 말대로 허잰 안하믄, 다 죽는 거난. 알암수까! 순영이 넌 거둘 생각하기라도 하믄 그때도 내가 다 죽일거난 이 근처는 얼씬거리지 맙써."

인간 같지도 않은 엄포를 쎄게 치고는 집에 불을 지르고 더는 말할 기운도 없다는 듯 손짓으로 패거리를 모아 자리를 떴다.

그 미친 짓을 본 마을 사람들은 동막의 엄포에 서둘러

도망가기에 바빴다. 자신의 식솔을 챙기는 것도 버거운 오늘이었다. 불 붙은 순영네는 마침 내리는 빗줄기로 타다 만 흉물이 되었다.

다시 시작

부산대학병원 아미동 응급 센터 앞에 서성거리던 선우는 휴대폰을 만지작거렸다. 한참 후 응급실 문이 열렸고 동생이 나왔다.

"왜? 할머니는?"

선우의 물음에 고개만 끄덕인 선희의 눈은 눈물로 얼룩져 있었다.

"그런데, 은지 언니한테 연락은 해봤어?"

오빠의 대답을 듣기도 전에 또 울음부터 터트렸다. 생각지도 못한 난리에 막힌 가슴이 터진 모양이었다. 선우는 어린 동생을 안아주고 토닥였다.

여태 이런 살가움은 없던 남매였지만 오늘은 절로 동생이 애틋했다. 모든 게 자신 때문인 것 같아 미안하기만 했다. 할머니는 응급실 침대에 누워 있었다.

"할메, 좀 괜찮아?"

세상에서 제일 사랑하는 손자의 목소리가 들리자 순영은 눈을 떴다.

"어, 할미 괜찮다. 에고, 우리 강아지 할미 때메 놀랬재?"

손자의 손을 토닥였다. 자신보다 아끼는 손자다.

"할메만 건강하면 된다. 걱정 마. 담당 의사랑 얘기해 봤더니 좀 놀라서 그런 거라 링겔만 맞고 집에 가면 된단다."

순영은 사실 아무것도 기억나지 않았다. 단지 자신으로 인해 사랑하는 가족이 어떤 곤란을 겪었을지는 알 것 같았다,

"MRI도 별거 없다대. 치매 관리도 잘되고 있고 도리어 회춘할 수도 있다던데 하하."

선우가 너스레까지 뜬다. 앞둔 결혼이 그를 바꾼 것인지 가족에 대한 사랑이 그를 변화 시킨 건지 알 수 없었지만, 진짜 어른이 되고 있었다. 잠시 후 윤철이 들어왔다. 은맞은 아귀가 아직도 얼얼했다.

"여긴 내가 있으마. 사돈께 전화 드리라."

윤철은 아들을 내보내고 어머니를 살폈다.

"어때요? 의사 선생님께서는 괜찮다카든데!"

말을 거는 아들을 보며 미소를 짓지만, 순영은 여전히 할 말이 없었다.

"또 노망이 나 어쩌냐. 괜히 따라가서는 은지는 어찌 보고, 내 새끼… 나 때문에…."

말을 잊지 못하는 순영을 아들은 살포시 안아준다.

"사돈도 다 이해 하신답니다. 도리어 어머니 괜찮으시냐고 물으시던데요."

다시 커튼이 열리고 선우가 들어오자 순영은 몸을 일으켰다.

"집에 갈란다."

어린 순영

 어멍 옆에 쪼그리고 앉은 어린 순영은 어둠이 내려도 자리를 뜨지 못했다.

 며칠이 지나 타다 만 방으로 들어간 순영은 두꺼운 목화솜 이불을 꺼내 그 무거운 걸 질질 끌고는 방 구석에 가 그걸 덮고 웅크렸다.

 그러고도 여러 날이 지나고 아무도 찾지 않은 방에서 땀범벅이 된 순영은 그제서야 일어나 고팡으로 가 안에 있는 항아리에 손을 집어넣었다.

 짧은 팔은 항아리 안 지슬이며 옥수수에는 닿지도 않았다. 하지만 요망졌다. 아방이 항아리에서 그것들을 꺼낼 때 쓰던 긴 국자를 다시 넣었고 지슬 한 개를 꺼냈다. 흙만 털고 정지로 가져가 어멍이 숨어 있으라 한 아궁이로 기어들어 갔다.

그렇게 여러 날이 지나자 다시 밤이 왔을 때 다시 건져 먹으려 고팡에 갔다 정지로 돌아오려던 찰나에 무순 삼촌 눈과 딱 마주쳤다.

놀랐고 반가웠지만 잠깐이었다. 곧 발걸음 소리가 들렸고 순영은 고팡 항아리 안으로 숨었다. 뚜껑은 살쪽이 열어놓았다.

아방이랑 술래잡기할 때 배운 솜씨였다. 아방은 항상 뚜껑을 살쪽이 열어놔야 숨을 쉰다고 가르쳐 주었고 그걸 명심하고 있었다.

곧 무순 삼촌의 비명이 들렸고 잠시 후 불길이 이는 게 느껴졌다. 매케한 연기와 냄새가 났지만 나갈 수가 없었다. 다행히 이미 불이 났던 그곳에 또 다른 화마는 없었다. 하지만 매케한 냄새는 더 지독해졌다.

순영은 몰랐지만 그때 온 마을이 타고 있었다. 순영은 의식을 잃었다. 마을을 휘감은 화마가 완전히 사라지는 데는 여러 날이 걸렸다.

정신이 든 순영은 자기 옆에 뒹구는 지슬과 옥수수를 먹어댔고 하나도 남지 않았을 때 그곳에서 기어 나왔다. 그때 가까스로 목숨은 구했지만 말을 잃었다.

텅 빈 마을을 알지 못하고 지붕 없는 집에 누워 하늘을
보다, 고팡 항아리에 들어가 자곤 했다.

밝혀지는 시간

응급실에서 나온 순영이 집으로 돌아왔을 땐 방에는 이미 이부자리가 펴져 있었다. 며느리와 손녀가 먼저 돌아와 준비한 게 분명했다. 오랜만에 머리가 맑았다. 자리에 눕자 곧 잠이 들었다. 얼마만의 단잠인지 몰랐다. 힘들지 않게 긴 꿈을 꾸었다. 꿈 사이로 새록새록 새어 나오는 기억은 순순히 받아들여졌다.

많은 변화가 생겼다. 많은 걸 기억했고 동막 삼촌이 누군지도 분명해졌다. 잠에서 깼을 때는 이모할머니였으나 어머니가 된 어머니의 편지를 아들 같은 동생에게서 전해받았다.

이모할아버지인 아버지가 돌아가시기 전에 동생에게 준 것이라 했다. 아들 내외를 불러 그 편지를 보여주었다. 그렇게 시작된 이야기는 긴 시간 동안 끝이 없었고 자기 앞에서 어린애 모양 울음을 멈추지 않는 아들을 토닥였다. 나중에는 며느리도 순영의 품에 안겨 같이 울었다.

윤철은 아들과 안방에서 술상을 받았다.

"자, 한 잔 받아라."

소주가 가득 따라졌다. 해물파전과 청국장이 안주로 놓여있다.

"아버지, 뭔 말이라도 좋으니 숨기지만 말아주세요."

부탁하는 선우는 무릎까지 꿇었다.

그렇게 술잔이 오고 식은 청국장이 두 번은 더 데워졌고 새로 부친 파전이 더 얹어졌다. 그사이 오고 간 그 편지와 말들로 밤이 밝았고 아침이 밝기 전 선우는 집을 나갔다.

항상 기차나 비행기를 이용하던 선우는 오랜만에 가지고 온 차를 몰고 떠났다. 윤철은 그런 아들을 마중하지 않았다. 현정도 부엌에서 나오지 않았다. 밤새 부엌을 지키던 눈은 퉁퉁 부었다.

구사일생

이미 아무도 없는 주검이 된 마을에 인기척이 들렸다.

"순영아, 순영아."

숨 죽인 목소리가 집안 곳곳을 움직였다. 돌아오는 답은 없었다. 고급 양장 치마저고리를 입은 여자는 타다 말아 흉가가 된 집안을 뒤졌고 정지를 뒤졌다. 그러다 흔적만 남아 있는 고팡의 반쯤 열린 항아리를 보았고 그 속에서 웅크리고 자는 순영을 찾아냈다.

순영을 서둘러 꺼낸 여자는 다름 아닌 순영의 막내 이모 할망이었다. 영도에서 언니와 조카 가족이 오기만을 오매불망 기다리던 그녀였다.

"여기 이서시냐. 에고 살아이선! 천지신명님 고맙습니다!"

겨우 찾은 피붙이를 안은 그녀는 피 끓는 통한에 흐느꼈다. 하지만 숨죽인 신음이었다. 순영도 아는 얼굴인 이모 할망을 꽉 붙들었다.

놀라지도 울지도 말도 하지 않았다.

"넋 났져게. 얼마나 놀래시믄 이럴 거라!"

소리도 못 내는 순영을 품에 안고 어두운 새벽 텅 빈 마을을 빠져나갔다. 조용한 어둠에 어디서 왔는지도 모를 자동차는 마을을 서둘러 빠져나갔다.

시작된 파국

호텔 HEATH 커피숍에 윤철과 동막인 은지 할아버지가 앉아 있다. 둘 사이의 팽팽함은 상견례 때와 사뭇 달랐다. 커피잔을 앞에 둔 표정이 심각하다. 은지 할아버지 얼굴은 붉으락푸르락했지만, 윤철은 그래도 치밀어 오르는 화를 누르려 애쓰고 있었다.

"사돈, 아, 아니 은지 할아버님과 저의 어머니와의 악연을 알게 됐습니다. 저희 어머니도 어린 시절 기억을 찾으셨고요. 아무리 과거지사라지만⋯."

목이 멘 그는 말을 멈췄다. 그때 은지 할아버지가 말을 이었다.

"아무래도 이번 혼사는 없던 거로 하는 게 낫겠죠."

윤철은 뛰는 가슴을 진정시켰다.

"그것과는 상관없이 저희 어머님께 오셔서, 사과하셔야

죠. 지난번 일 이후에 잃었던 기억과 함께 정신은 돌아오셨지만, 건강은 위중해지셨습니다. 가시기 전에 한이라도 풀어드리게 부탁드립니다."

윤철은 일어나서 고개를 숙였다. 어금니에 힘이 들어갔지만 참을 수 있었다. 어머니와 아들을 위한 거라면 못할 게 없었다.

은지 할아버지는 컵의 물을 단숨에 들이켰다.

"뭘 아셨는지 모르겠지만 전 사과할 게 없는 사람입니다. 선우 군과 우리 은지와의 과거 인연을 생각해서 이쯤에서 봐 드릴 테니 억지는 그만 부리시죠!"

화를 내며 자리를 박차고 나가던 그를 더는 참을 수 없던 윤철은 소리쳤다. 굳건한 인내에도 한계가 온 것이다.

"네, 그렇게 하시지요! 그럼 저도 이 편지를 세상에 알리겠습니다. 어르신의 과거 죄악이 적힌 편지를 말입니다. 그리고 당신이 그 '서동막'이라는 갓도, 모두 죽었다고 알고 있는 괴물이라는 것도 세상에 다 알리겠습니다."

부산으로

제주시 부둣가로 가는 차 안에는 순영은 이모 할망의 품
에 안겨 잠들었다. 제주에 도착하기 전 이미 예약해 놓은
차를 타고 아무도 찾지 않는 이 마을로 들어온 이모 할망
은 다시 제주시를 향했다.

달리는 차 안에서 잠든 순영을 토닥였다.

"여기 일은 다 잊으라게. 이제 넌 내 딸임쩌 알안!"

대답 없는 순영에게 주문처럼 말을 하고 또 했다. 순영
도 뭔 말인지, 아는지 이모 할망 품에 파고들었다.

오해는 깨어지기 마련

일요일 저녁이라 시내인 남포동은 사람들로 꽉 차 있었다. 바깥의 번잡스러운 분위기와는 달리 호젓한 전통찻집 내실은 잔잔한 가야금 소리만 들렸다. 내실 다다미방에 앉은 선우와 은지는 찻잔만 들이키고 말이 없다. 다시 차를 우릴 물이 들어오고 차 맛이 옅어질 때 선우가 말을 꺼냈다.

"할 말이 있기는 한데 어디부터 해야 할지 엄두가 나지 않네."

뜻을 어림짐작만 하던 은지는 기다리지 못하고 섣부른 말을 하고 만다.

"아니! 알아. 나도 들었어. 아버님 오해가 너무 깊으셔서…."

은지의 예상하지 못한 말에 선우는 어금니를 꽉 깨물 뿐

대꾸도 하지 못했다. 은지 입에서 이런 말을 나올 줄은 상상도 하지 못 했었다.

침묵은 다시 흘렀다.

클럽에서 그리고 호텔에서의 첫 만남, 그녀의 임신과 자기와 연락이 닿지 않아 유산했다는 이야기 재회 그리고 평생 은지를 책임지겠다 결심한 마음 이 모든 게 흔들릴 만큼 은지의 말이은 충격적이었다.

"할아버님이 그리 말씀하셨어?"

자신을 온전히 믿어 주기만 했던 그의 냉랭함에 눈물을 글썽였다.

"나는 다 괜찮아. 우리가 중요한 거잖아! 과거 어른들 인연이 뭐가 중요해? 난 헤어지고 싶지 않아. 정말 그건 싫어."

은지의 어깨가 흐늑였다. 말없이 손수건만 건네는 그가 야속하기만 했다.

"말을 좀 해 봐. 뭔 말은 해야 하잖아! 선우 씨는 정말 이렇게 헤어질 수 있어?"

"화장실 다녀올게."

은지의 다그침에 애꿎은 차만 홀짝이던 그는 화장실 핑

계로 내실을 나가 버렸다.

두고 나간 선우의 휴대폰에서 진동이 울렸다. 계속 반복된 진동 후 문자가 연속적으로 올라왔다. 기다리던 은지는 선우 휴대폰을 보았다. 할아버지였다. 전화도 문자도 다 할아버지가 보내고 있었다.

문자를 읽던 은지의 얼굴은 새파래졌다.

'선우군 우리 은지에겐 아무 말 말아주게. 그리고 그냥 헤어져 주게나. 다 지난 일이야, 그때는 그랬어. 다들 나름 살 궁리를 찾던 시대였네. 자네가 우리 은지를 사랑한다면 그렇게 해주게. 그러리라 믿겠네.'

문자 내용을 다 읽었을 때 문이 열렸다. 그가 돌아왔다.

"미안해, 오래 기다렸지 잠시 바람 좀 쐬고 오느라…."

한 번도 없던 행동을 하고 들어온 선우도 휴대폰 문자를 읽어버린 은지도 둘 다 정적이다. 더한 사과도 따짐도 없었다.

"휴가 끝나고 3월 1일 서울로 올라올 거지?"

은지의 갑작스러운 화제 전환에 당황했지만 우선 시간을 가지는 게 좋겠다는 생각이 들었다.

"올라가야지. 담날 진료도 있는데…."

말을 서둘러 마무리한 그는 은지의 돌발행동에 이유는 물어야겠다 생각했다.

"무슨 일 있어? 왜 그날 만나자는 거야?"

은지는 고개를 끄덕였고 그도 그쯤에서 말을 멈췄다.

"우리 이야기는 서울 올라가서 나누는 게 좋을 것 같아서 오늘은 좀 쉬고 싶네. 시간도 필요하고 그동안 각자 생각해서 그날 이야기하자. 그리고 좀 전에 전화가 왔는데 할아버지가 좀 안 좋으신 모양이야. 알잖아. 선우 씨도 할아버지 혈압 있으신 거."

연줄

부산으로 가는 배 3등석 이모 할망 양반다리 안으로 쏙 들어간 순영은 잠만 잤다.

'에고, 불쌍한 거….' 순영의 조그마한 등을 토닥였다. 선실의 작은 창을 통해 보이는 하늘은 검기만 했다. 새근새근 잠든 모습은 둥지 안의 작은 짐승 같았다. 배는 조용했다. 검은 바다를 가로질러 평온하게 부산을 향했다. 파도도 잠잠했다.

이모 할망은 을석 어멍의 친 여동생이다. 그들 자매는 격변의 현대사를 정통으로 겪으며 8남매에서 겨우 살아남은 둘이었다. 둘째인 을석 어멍과 그녀는 21살 차이에 을용과 을석처럼 배다른 자매였지만 을용과 을석처럼 우애가 남달랐다. 둘만 남아서인지 서로를 생각하는 마음이 애틋했다.

7살 어린 나이에 부산의 한 부잣집에 식모로 보내진 이
모 할망은 그렇게 헤어진 후에도 편지 왕래로 애틋한 마
음을 나누긴 했으나 마음 뿐이었다.

다행히 식모 일을 하는 곳의 주인이 좋은 사람이라 당시
로는 꽤 많은 급여에 중매까지 해주어 시집도 갈 수 있었
다. 심성 좋은 방앗간 외아들을 짝으로 만나 사는 거 같이
살 수 있게 되었다.

다리를 절었으나 자기를 믿어 주던 남편 덕에 바깥 일도
할 수 있었다. 자갈치시장에서 장사도 하며 꽤 많은 돈을
모았다. 작년에는 제주를 찾아 언니 가족들과 얼굴을 나눌
수 있었다. 모은 돈은 일수놀이를 하며 굴렸고 부자가 되
었다. 그러다 올해 큰조카 을용의 연락을 받았었다.

제주도 상황이 심상치 않아 잠시 부산에 가 있어야 할
것 같다는 내용이었다. 그녀는 제주의 사정이 어떻든 그것
엔 별 관심이 없었다.

난리가 나던지, 빨갱이로 죽임을 당하던지 그건 중요하
지 않았다. 자신을 식모로 팔아넘긴 부모의 고향은 생각하
기도 싫었다. 하지만 하나 남은 피붙이인 언니 문제에서는

그럴 수 없었다.

언니의 안전과 조카들의 무사함이 중요했다. 그리워하던 언니를 다시 만날 수 있다는 기대에 잔치를 벌이는 심정으로 집이며 세간살이를 아낌없이 준비했었다. 하지만 연락하겠다는 시일이 지나도 연락이 없었다. 백방으로 수소문해보았다.

주소는 알고 있었지만, 당시 제주에 연락을 취한다는 건 매우 어려운 일이었다. 부산시청에 있는 남편의 지인을 통하고 많은 돈을 풀고서야 제주 상황을 듣게 되었다. 부산과 제주로 오가는 만물상을 찾아 그와 함께 제주로 들어갔고 불 타버린 마을을 보았고 불에 타 쓰러져가던 언니 집을 보고 사색이 되어 정신없이 뒤졌다.

그리고 겨우 순영 하나 건져 다시 부산으로 향했다. 순영을 잘 키우는 게 억울하게 죽은 언니와 조카들을 위하는 일이라 굳게 마음먹었다.

충격

오피스텔에 벨이 울리고 인터폰으로 은지의 얼굴이 보였다. 문을 열자 꽃다발을 한 아름 안고 들어왔다. 작지만 병원 근처의 오피스텔은 전망이 꽤 좋은 편이었다. 창으로 보이는 서울 야경이 눈부셨다.

은지는 기분이 별로인 날은 항상 이렇게 꽃을 사서 아름답게 꾸미는 것을 좋아했다.

선우는 의자를 빼내 주었다.

"그래, 우리만의 이야기를 하자고? 네가 하고 싶은 말을 먼저 해봐!"

경직되고 사무적인 태도로 대하는 그가 낯설었지만 지금 그걸 따질 수는 없었다.

"커피 한 잔도 안 주는 거야? 자기가 만들어 주는 거 먹고 싶어!"

은지는 어떡하던지 상황을 바꾸고 싶었다. 헤어질 수 없었고 할아버지도 끊어 낼 수 없는 가족이었다.

"내려줄게. 잠깐만 기다려."

선우는 애써 태연한 척 기계처럼 커피 메이커를 작동시켰고 은지는 꽃꽂이를 하러 일어났다.

"꽃병은 사 왔어. 지난번 건 깨어졌잖아. 더 비싼 거로 사 왔으니 이번 꽃이랑 잘 어울릴 거야."

꽃다발과 꽃병이 든 종이 가방을 가지고 화장실에 들어가 문을 닫았다.

커피메이커의 작동 소리가 들렸다. 막 내린 커피 향이 작은 오피스텔에 퍼졌다. 풍성하고 아름다운 꽃병도 탁자에 놓였다.

"향 너무 좋다! 지난번 원두보다 더 비싼 건 가봐."

그리고 다시 적막이 왔다.

이번에도 적막을 깬 건 성질 급한 은지였다.

"우리, 계획대로 그냥 결혼해. 결혼하면 다 좋아질 거야! 지금이 조선 시대도 아니고 자기나 나나 우리가 뭐 하자가 있는 것도 아니고 겨우 집안의 옛날 원한 때문이라니, 아니지 그것도 다 자기 집에서 오해하는 것일 뿐 우리 집

문제는 아닌 거잖아!"

작정한 듯 숨도 쉬지 않고 빠르게 말을 뱉는 은지를 선우는 바라보기만 했다.

억장이 무너지던 그의 입에서 처음으로 큰소리가 나왔다.

"은지야! 오해라니? 그건 할아버님 말씀뿐이잖아. 뭐라 들었는지 모르겠지만 양쪽의 말을 다 들어야지."

갑갑한 마음에 하소연하듯 말을 꺼냈지만 곧 다시 입을 닫았다.

"말을 왜 하다 마는 거야!"

폭발하듯 자리에서 일어나 침대 옆의 창으로 다가갔다. 서울의 야경으로 마음을 진정하려 했다. 한숨만 쉬던 선우는 어쩔 수 없다고 결심했다.

"은지야! 자리에 가서 앉자. 보여줄 게 있어."

등 뒤로 들리는 그의 목소리에는 아직도 사랑이 묻어 있다는 걸 은지는 느낄 수 있었다.

"그래 뭘 보여줄 건데? 우리 집안이 뭔 중죄라도 지었어? 증거는 있어? 그런 게 있을 리는 없지만 알아, 우리 할아버지와 엄마 성격이 좀 유별나기는 하지 돈도 많긴 해!

하지만 지금 대한민국에서 돈 많은 게 죄도 아니고 더구나 우리 할아버지는 성금이며 봉사며 얼마나 많이 하시는지 자기도 알잖아? 우리 할아버지 모토가 노블레스 오블리주인걸!"

노블레스 오블리주를 듣는 순간 선우는 치밀어 오르는 분노에 어금니가 떨렸다. 그 힘에 몸서리가 절로 쳐졌다.

"이걸 한번 읽어 봐. 그리고 다시 이야기하자."

오래되어 보이는 낡은 편지 복사본들을 은지에게 건넨 선우는 외투를 꺼내 입었다.

"편의점 좀 다녀올게."

은지는 혼자 남겨지자 모멸감을 느꼈지만 그가 두고 간 편지도 궁금했다. 편지는 꽤 길었고 여러 장이었다. 읽는 동안 표정이 일그러졌고 몇 번이나 내팽개치고 다시 주워 읽기를 반복했다. 기어이 다 읽은 은지는 눈물을 멈출 수 없었다. 식탁에는 엉망으로 구겨진 편지들이 나뒹굴고 있었다.

오피스텔 비밀번호 누르는 소리가 들렸다. 문이 열렸고 선우가 들어왔다. 손에 든 비닐봉지는 잔뜩 산 탓인지 찢

어질 것 같았다. 봉지를 내려놓자마자 캔 맥주를 꺼내 단숨에 들이켰다,

"다 읽었어?"

입 주변에 묻은 맥주 거품을 '쓰윽' 닦았다. 침대에 엎드린 은지와 식탁에 헝클어져 있던 편지를 번갈아 봤다. 캔 맥주 두 개를 더 가져왔다.

"너도 마셔."

'피시식' 캔 따는 소리가 울렸다.

침대에서 일어나 식탁으로 온 은지도 단숨에 맥주 하나를 다 마시고는 다시 엎드려 울었다.

새 집

　이모 할망은 좋은 엄마였다. 하지만 다정했던 아빠의 눈빛은 해가 바뀌면서 고약해져 갔다.

　"온 지가 언젠데 여태 말도 못하고! 수양딸 들인 김에 재롱이나 볼까 했더니."

　불평을 늘어놓는 날이 많아졌고 언제부턴가 시비처럼 불만을 달고 살았다. 그러다 벙어리니, 빨갱이라는 말로 엄마의 부아를 돋우고 그러다 크게 부부싸움이 나는 날이 늘어났다.

　엄마는 참다참다 속상함에 대들기도 하였고 아빠는 엄마가 그럴수록 다 거친 말로 엄마의 속을 희비 팠다.

　"벙어리 아니다! 그럴 리가 없다고. 을용이 편지에서도 순영이 재롱에 언니가 매일매일 웃는다고 했다. 안카나! 그리고 작년에는 내도 직접 봤다."

억울함을 토로할 때마다 아빠는 어깃장을 놓았다.

"빨갱이 말을 어찌 믿노?"

그럴 때면 엄마는 일하다가도 냅다 장부를 집어 던졌다.

"누가 빨갱이고? 빨갱이 아니고 그냥 착하기만 한 내 언니고 조카다! 불쌍하게 억울하게 죽은! 엉엉."

분함에 복받치는 서러움을 이기지 못하고 대성통곡을 하면 아빠는 슬그머니 집을 나갔다. 혼자 남은 엄마는 분이 풀릴 때까지 울고 또 울었고 그때마다 순영은 엄마 가랑이 사이로 기어들었다.

부부싸움은 그렇게 끝나지만은 않았다. 술독에 빠진 아빠가 집으로 돌아오면 엄마는 기다렸다는 듯이 못다 한 악다구니를 기어이 아빠에게 퍼부어 댔다.

"내가 꼭 다 밝힐 거야! 누가 죽였는지, 왜 그랬는지, 다 밝혀 싸그리 죽일끼다! 갈기갈기 찢어 죽일끼다! 흑흑흑 불쌍한 우리 언니, 언니!"

술에 취한 아빠도 질세라 한술 더 뜨며 엄마의 속을 확 뒤집었다.

"알 수가 있나? 빨갱이 말을 우째 믿노? 어? 시집을 왔으면 남편 비위도 쫌 맞추고 가시나 노릇도 하고 그래야

145

지. 뻣뻣해가 저 쪼끄마한 년만 끼고돌고…. 내는, 내는 누구 끼고 자노? 어이?"

결국 잠자리 불만까지 순영이 있든 말든 다 까발렸고 이쯤 되면 싸움을 끝낼 엄마의 마지막 일격이 시작됐다.

"그래, 니는 마누라가 니, 뭐? 노리개가? 같이 못 잔다고 이리 사람을 잡나? 어? 니는 짐승이가? 애비가 됐으면 딸래미 불쌍한 줄도 알아야지? 그래도 순영이도 이제, 니 딸인데! 어?"

한 치도 물러서지 않는 엄마의 삿대질은 술김에 어깃장을 놓은 아빠를 골방으로 밀어 넣었고 엄마의 판정승으로 끝이 난다.

엄마는 아빠가 비싼 돈을 주고 들인 유모 방에서 자는 동생 준성이 얼굴을 보고는 안방구석에서 웅크리고 있는 순영에게 가서 자기 베개를 꼭 끌어안고 있는 순영을 안아준다.

순영은 그제야 엄마 가랑이 사이로 기어들어가 잠이 든다. 그런 시간은 항상 반복되었다. 순영의 말문도 트일 줄을 몰랐다.

순영이 오기 전 엄마와 아빠는 금실 좋기로 소문난 부부였다. 살갑지는 않았지만 그래도 눈치 빠르고 생활력 좋은 엄마를 아빠는 좋아했고 저녁부터 엄마 곁을 떠나지 않았었다.

하지만 그럼에도 순영의 남동생이 된 준성이 말고는 더는 자손을 보지 못했다. 주변에서는 너무 의가 좋아 그렇다 할 정도였다.

아내 닮은 딸내미 하나만 있으면 소원이 없겠다는 말을 입에 달고 살았던 아빠는 처음에는 엄마 품에 들어온 순영은 좋아 했었다. 눈깔사탕에 예쁜 옷도 사주었다. 호적에 올려 딸로 키우자는 엄마의 말에 별 고민 없이 선 듯 허락도 했다.

사내아이가 아니니 나중에 재산 문제를 일으킬 염려도 없고 시집갈 때 세간이나 잘 해줘 보내면 될 일이라 여기며 사는 동안 딸 재롱이나 보자는 마음이었다.

또 해가 바뀌자 아빠와 엄마의 관계는 너무 멀어졌다. 대신 유모와 가까워진 아빠는 유모와 딴 살림을 차렸고 집에는 엄마와 동생 준성만이 순영과 함께 했다. 또 해가 바뀌고 순영은 동생을 잘 돌보는 누나가 되었다. 말문도 다시 트였다, 그렇게 예쁜 딸이 되어갔다.

누가 봐도 부산 기집애가 되었고 제주의 기억은 다 사라졌다. 잠꼬대조차 제주말은 없었다.

희망이란 게

동막은 은지의 요구대로 혼자였다. 여유롭게 작설차 한 모금을 입안에 담고 정돈된 자신의 정원을 바라보고 있었다.

순영이 하필이면 선우의 가족이라는 사실이 그의 마음을 불편하게 하기는 하였지만 그런 일에 흔들릴 그도 아니었다. 단단히 마음먹고 또 넘으면 되는 흔한 일이라 여겼다.

제주에서의 패악질이 극에 달할 때쯤 세상이 바뀌었고 더는 제주에서 버틸 수 없게 되자 단장의 줄을 잡은 동막은 그의 사위가 되었다.

말이 사위지 단장의 골칫덩이 딸을 떠맡으며 집사 같은 데릴사위로 새 신분을 얻었다. 이름까지 개명했다. 철저히 과거를 지워나간 그는 의문의 죽임을 당한 장인과 아내로부터 모든 것을 상속받았다. 동막 자신은 상속이 아니라 자신이 일군 것이라 여겼지만 는누구도 그렇게 생각하지는 않았다.

하지만 늦게나마 피붙이라고 얻은 딸 경자는 태어나서부터 성에 차지 않은 자식이었다. 다행히 은지는 마음에 흡족할 만한 손녀였다.

일류코스를 밟으며 변호사까지 한 은지에게 사업을 물려줘 욕심을 이어가는 것으로 자신의 삶을 끝까지 호화롭게 하려는 동막은 결혼이 파투가 나게 생긴 것쯤은 아무것도 아니라 생각했다.

자신의 재력에 은지 정도의 조건이라면 더 좋은 조건의 손주사위를 들이는 건 너무나도 쉬운 일이라 확신하고 있었다.

'그깟 편지! 체, 해보라지 누가 제깟 것들 말을 듣는다고…. 설마 그놈들이 우리 은지한테까지 쓸데없는 소리를 하진 않겠지! 그래, 선우 그놈이 막을 거야 암, 내가 그렇게까지 했는데 감히 그러진 못하고말고!' 은지가 늦어지자 동막은 혼자의 생각이 늘어갔다.

거실 창밖으로 정원을 가로질러 오는 은지가 보였다. 반가움에 들고 있던 찻잔을 내려놓고 한 걸음에 현관으로 나갔다.

"어서 오거라! 마이 러브 은지."

평소처럼 영어까지 섞어 가며 사랑을 표현하는 그는 세상에서 제일 사랑하는 손녀를 살포시 안아주었다. 너무 귀해 소파까지 에스코트하며 데리고 가 자리에 앉는 것까지 도와주고나서야 자신도 자리에 앉았다.

"그래 할애비에게 할 말이 뭐냐?"

언제나처럼 환한 얼굴로 대하는 그와는 달리 유달리 어두운 표정의 은지는 대답 대신 봉투 하나를 꺼내며 할아버지에게 물었다.

"이게 다 사실이에요? 솔직히 말씀해 주세요. 저는 항상 할아버지 편이에요. 혹시나 잘못했다손 치더라도 옛날 철없었을 때 얘기니까 사과하고 용서하면 될 일이라고 생각해요. 우린 앞을 향해 간다고 할아버지께서도 항상 말씀하셨잖아요!"

은지는 미리 외운 것처럼 긴말을 단숨에 뱉었지만 할아버지의 얼굴은 바로 보지 못했다.

동막은 손녀가 하는 불편한 이야기에도 그리 동요하지 않았다. 예상하던 일이었다. 단지 선우 가족들이 이런 짓거리를 만들지 않길 조금 바랬을 뿐이다. '역시 없는 것들 하는 짓은 똑같다니까! 꼬투리 잡고 협박하고…. 흐흠.' 입가에 비열한 비웃음이 번졌다.

동막은 이미 그 편지를 다 읽었었다. 선우 아버지를 통해 복사본을 전해 받았을 그때 말이다. 편지 내용으로 선우와도 이야기를 나눴었다. 순진하게 그들 농간에 휘둘리고 있는 손녀에게 그런 사실을 군이 말할 필요가 없다 여기고 딴청을 부렸다.

"그래 여기에 무슨 음해가 있을지 읽어 봐야겠구나. 읽고 다음 주말에 이야기해도 괜찮겠지?"

할아버지가 선뜻 편지를 받아 들자 은지의 표정은 한층 밝아졌다. 미소가 감돌았다.

"그럼요. 그 정도 시간은 드려야겠다고 마음을 먹고 온 걸요!"

안도감와 막연한 기대에 알 수 없는 희망 같은 게 생기는 것 같았다.

"그래요. 할아버지 다음 주말에 봬요. 그때는 선우 씨도 같이 올게요!"

할아버지 볼에 가볍게 입을 맞추고 은지는 돌아갔다.

편지는 바로 거실 소파 옆 작은 서랍에 집어넣어졌다.

또 헤어짐

새로운 생활에 적응해 갈 무렵 6.25가 터졌고 부산에는 피난민들이 들이닥쳤다. 전쟁이 끝나고 산업은 호황을 이뤘다.

엄마는 그동안 모아놓은 돈을 종잣돈으로 해서 본격적으로 돈놀이에 열중했고 미제 물건을 취급하며 큰 재산을 일구었다.

작은댁과 딴 집 살림을 차린 아빠도 재산이 늘어났고 엄마와 작은댁 사이를 오가며 지내셨다. 늦게나마 말문이 트인 순영을 대하는 아빠의 눈빛도 예전처럼 다정해졌다. 평탄한 시간이었다.

더 이상 엄마와의 부부싸움이 없는 아빠는 작은댁과 투덕거리는 날이면 오히려 엄마와 술 한 잔 나누며 하소연을 했다.

얼마 전에는 첫애가 들어선 작은댁 입덧을 의논했고 엄마는 입에 맞을 먹거리를 가져다주겠다며 아빠를 축하했다.

엄마는 자식들이 잘 자라는 것에 만족했다. 더는 여자로 사는 것에 관심이 없어 보였다. 대신 돈을 불리고, 있는 집 사모님들이랑 어울려 미국 요리를 배우는 걸 낙으로 여겼다.

말문이 열린 순영은 말이 하나둘 늘더니 전쟁이 끝날 즘에는 수다쟁이가 되어 있었고 동생 준성은 자상한 누나 순영을 바쁜 엄마보다 더 따랐다.

금요일에는 미제 물건 파는 것을 직원에게 맡긴 엄마는 미국요리를 배웠다. 배워 온 요리는 집에서 다시 해 순영과 준성을 먹였다.

더운 여름 실컷 놀고 온 준성을 씻긴 순영은 부엌에서 나는 고소한 기름 냄새에 군침이 돌았다. 엄마는 오늘 도너츠를 배운 모양이다. 준성에게 새 옷까지 갈아입히고 부엌으로 들어선 순영의 눈은 지글거리는 튀김 솥에 가 있었다.

"엄마, 뭐 하까예?"

이미 어지간한 살림은 다 살던 순영은 뭐라도 하려 기웃
거렸다. 물론 도너츠를 입에 넣고 싶은 마음이 더 컸지만,
배워서 엄마가 없을 때 동생에게 해주고 싶은 마음이 더
컸다.

순영의 마음을 아는 엄마는 순영이 기특했지만 고개를
저었다. 기름솥은 연기가 나지 않아도 엄청 뜨거워서 큰일
난다며 더 커서 가르쳐 주겠다고 했다. 부엌에 들어오지
말라며 순영을 부엌에서 쫓아냈다.

잠시 후 도너츠 한 소쿠리가 왔다. 마루에 펴 놓은 상으
로 갔다.

"이거 무꼬 책 한 권씩 보고 있어. 엄마는 요 앞에 좀 갔
다 오께."

엄마는 다른 소쿠리에 한가득 도넛을 담고는 집을 나섰
다. 분명 아빠한테 가져가는 게다. 얼마 전 작은댁이 임신
하면서 도너츠를 먹고 싶다고 노래를 불렀단 건 동네가
다 아는 사실이었다.

그깐 간식에 돈 쓰는 건 낭비라고 생각하는 아빠를 대신
해 도너츠를 가져다 주는 게 분명했다.

작은댁은 임신한 유세를 엄마에게 부렸다.

한가득했던 도넛 바구니가 비워지자 준성은 부엌을 흘 깃거렸다. 그렇지만 엄마의 당부가 있었기에 순영은 절대 허락하지 않았고 조금만 있으면 엄마가 오실테니 기다리 자고 달랬다.

하지만 순영이 화장실에 간 사이 준성은 몰래 부엌으로 들어갔고 그때 막 집으로 들어오던 엄마는 열린 부엌문으 로 기름 솥 곁을 지나는 준성을 보고는 위험하다는 생각 에 소리를 질렀다.

준성도 그런 엄마를 보고 놀라 나가려 했고 달려오던 엄 마는 화로에 놓인 기름솥을 엎고 말았다. 불은 순식간에 엄마에게 붙었고 부엌은 금세 불바다가 되었다.

화장실을 다녀오던 순영은 불길에 도망쳐 나오던 동생 은 가가스로 구할 수 있었지만 이미 화마에 휩싸인 엄마 를 구하지는 못했다.

그사이 집은 불바다가 되었고 신고를 받은 소방차가 달 려왔다. 온 동네에 울리던 사이렌 소리에 아빠도 달려왔 다.

넋 날것 같던 아빠는 소방관을 다그쳤고 부엌에서 기름 으로 인한 화재가 발생했다는 말과 마누라는 그 자리에서

157

죽었다는 소리를 들었다.

아빠는 좀 전 먹은 도너츠를 생각했고 뒤따라온 작은댁
의 뺨을 사정없이 후려쳤다.

모든 게 드러나다

급격히 나빠진 순영은 다시 입원과 퇴원을 반복했다.

"선우야, 할애미는 집에서 죽고 싶다. 근데 동막 삼촌은 언제 오노? 사과는 받고 가야 할 낀데. 그래야 나도 눈을 감을 낀데…."

깨어 있을 때는 그 말만 반복했다.

선우는 다시 은지 집으로 갔다. 사와 일하는 사람 그리고 딸 경자까지 내보낸 동막은 손녀와의 약속을 지키고 있었다.

웅장한 거실, 동막과 은지와 선우만 있는 이곳에 무거운 살벌함이 감돌았다. 침묵이 흐르다 동막의 큰 소리가 울렸다.

"내가 왜 사과를 해야 한다고 여기는 건가? 이 종이 쪼가리 말고 뭘로 증명하겠나? 자네 조모님? 정신이 온전하지 않지! 법적으로 어떻게 나를 단죄하겠나? 그리고 왜 사과를 종용하나? 그땐 우린 다 힘들었어. 살기 위해선 뭐라도 해야 했단 말일세!"

너무나도 당당한 동막인 은지 할아버지의 말에 선우는 부아가 치밀었지만 참았다.

"나는 다시는 제주를 기억하고 싶지도 않아 그래서 은지 결혼 조건에도 제주 출신만 아니면 된다고 했지. 그런데 뭔가? 자네야말로 사기 결혼을 하려고 한 게 아닌가? 물론 고의성은 없었다는 건 알고 있네. 하지만 나도 고의성은 없었어! 살기 위한 몸부림일 뿐이었다고. 서로 없던 일로 하고 좋게 좋게 넘어가면 될 걸, 이리 사달을 만들고…. 흐흠 지금이라도 은지와 결혼하겠다면 다 잊고 받아줄 아량은 있지만 이리 속 좁게 사과니, 뭐니 따진다면 더는 만날 필요가 없겠네!"

너무도 뻔뻔히 말을 이어가던 그는 얼음 찬 위스키 잔을 돌리며 목을 축이더니 다시 말을 이어갔다. 기간 찬 선우와 비참할 정도로 창피한 은지의 얼굴은 하얗게 질려갔다.

"지난번 자네 아버님의 협박은 정말 경우도 없는 무례함이었어. 하지만 순간적인 감정이라 여기고 나는 잊었네.

그러니 또다시 어처구니없는 생각은 하지 말게나!"

감히 아버지까지 거론하며 너무 당당해하자 더는 듣고만 있을 수만은 없었다. 자리에서 벌떡 일어난 선우는 동막의 말을 끊었다.

"말씀 다 끝나셨죠?"

선우의 벌건 얼굴에도 동막은 눈 하나 깜짝하지 않았다. 도리어 무례함을 비웃었다.

"그래, 할 말이 있으면 해보게나. 하지만 이번이 마지막이야. 그 버릇없음도 말이지!"

"그럼, 어르신은 다 인정하신다는 말씀이시죠? 단지 덮고 살자는 말씀이신 것고요!"

선우는 단호함으로 동막을 똑바로 바라보았다. 살집 없이 날카롭기만 한 선우의 목소리는 누르고 누르는 압박감에 터질 듯했다.

그 압박감은 동막에게도 전해졌다. 불편했다. 선우를 이 집에서 몰아내고 싶어졌다.

"그래, 그런데 그게 중한가? 맞아. 다 사실이야. 하지만 나도 살려고 한 짓이라 하지 않았나. 다른 맘은 없었다네. 난 그 마음의 빚을 갚기 위해 피 같은 나의 재산으로 기부며 봉사를 많이 했지. 자네가 다녀온 의료봉사도 내가 지원한 것이고 그곳에서 우리 은지를 만나지 않았나!"

그는 손녀 은지의 방탕했던 과거를 알지 못했다. 단지 그들이 결혼을 허락받기 위해 한 우연을 가장한 만남이 그들의 첫 시작이라고 알고 있을 뿐이었다. 자신의 기부를 강조하며 의기양양하며 떠들던 그는 말을 이어갔다.

"노망난 할망구한테 사과를 안 한다고 감히 나한테, 또 이런 말을 하려거든 다시는 우리 은지도 만날 필요 없네. 잘 가게나."

동막은 거실을 나가려 일어났다.

"너도 이런 집안과 그만 엮이고 외국에 가서 바람이라도 쐬고 오너라. 나도 이놈의 거지같은 나라 지긋지긋하다. 맨날 사과 타령인 이놈의 나라 나도 뜰 생각이다."

동막은 은지와 이 자리를 벗어나려 했다. 하지만 할아버지의 손을 뿌리친 은지가 결심한 듯 입을 열었다.

"네 할아버지, 선우 씨와 결혼하지 않겠어요. 아니 못할 것 같아요. 미안해서⋯."

무슨 일이 있어도 자기편일 것 같던 손녀의 말에 동막은 깜짝 놀랐다.

"네가 왜 미안해? 할애비 말을 뭘로 들은 거냐?"

자신을 책망하는 손녀의 말은 동막을 흔들었다.

"전 할아버지를 사랑해요. 엄마도 저에겐 소중한 가족이에요. 하지만 선우 씨도 그때 그곳에서 죽임을 당하고 피해를 본 사람들도 그들의 가족에겐 그렇겠죠!"

처참한 표정의 은지는 호주머니에서 만년필 모양의 녹음기를 꺼냈다.

"저는 편지와 녹음으로 이 사실을 세상에 알리겠어요. 그리고 할아버지랑 함께 벌을 받겠어요. 법적으로 벌을 받을 수 없다면 다른 형태로라도 사과하고 무릎을 꿇겠어요."

은지는 녹음기를 손에 꼭 쥐고 일어났다. 선우가 먼저 자리를 떴고 은지도 그를 따랐다.

"아니다. 그건 아니야. 너는 꼬임에 넘어간 거야 순진해서 그 간악한 것들에게 당한 거야. 은지야 아까 말은 그게 아니다."

다급한 마음에 은지에게 달려든 그는 녹음기를 뺏으려 했고 빼앗기지 않으려던 은지는 발버둥을 쳤다. 그러면서 한 덩어리로 엉킨 그들이 유리 탁자로 넘어졌고 와장창

큰소리를 내며 깨진 탁자 밑으로 벌겋게 피가 번졌다.

동막에 깔려 깨진 탁자 유리는 은지 가슴팍을 뚫고 나왔다. 솟구치던 피는 동막을 피로 물들였다. 겁에 질린 동막은 은지가 아닌 녹음기를 빼앗아 도망쳤다.

요란한 소리에 다시 그곳으로 돌아온 선우는 그 광경을 목격했고 놀라 119에 신고하고는 비틀거리며 은지에게로 갔다. 넋을 놓고 무릎을 꿇었다.

그 시각 동막은 부엌으로 가 녹음기를 깨부쉈고 조각들을 분쇄기에 넣어 갈아버렸다. 모든 게 흩어지는 먼지가 되고서야 그는 만족해 하며 히죽거렸다. 쇼핑을 마치고 들어온 경자는 가슴에 유리가 뚫고 나온 딸의 모습을 보고는 자지러지는 비명을 지르고는 기절하고 말았다. 이어 119가 왔고 상황은 정리되었다.

다시 순영

3월의 비참함은 그리 끝이 났다. 그해 4월 3일 오전 순영의 방에는 온 가족들이 모였다. 기력이 다한 순영은 의식을 잃어가고 있었지만 어린 시절 기억만은 더 생생해졌다.

"오늘도 안 오잰? 동막 삼촌? 미안허다 한마디만 해주면 우리 할망, 우리 어멍, 우리 아방, 을석 삼촌 만나 내가 고라줄건디. 그래야 내가 ⋯."

금세 숨을 멈출 듯 힘들어하면서도 의식은 과거를 또렷이 기억해냈다. 단지 동막 삼촌을 기다리는 어린 순영으로 돌아간 순영은 열린 방문을 하염없이 바라보기만 했다.

결국 동막 삼촌은 오지 않았고 어린 순영은 한줄기 눈물로 한 많은 삶을 놓고 말았다. 그 사과 한마디를 못 들은 순영 앞에는 가족들의 곡소리만 울렸다.

곡소리는 영도를 넘어서 바다를 지나 제주 성산 그 마을

로 울려 퍼졌다. 그때 제주에서는 4.3 묵념 사이렌이 울리
고 있었다.

epilogue

　여러 해가 바뀌었다. 순영의 사연이 세상에 있었는지 묻는 이는 없었다. 단지 그들만이 알 뿐이었다. 세상은 그냥 돌아가고 있었고 모르는 척 내일로 가고 있었다.

　올해 여름도 뙤약볕은 사나웠다. 하지만 서울역 밥차는 항상 그렇듯이 때맞춰 와주었고 여기저기서 서성거리던 노숙자들은 어슬렁거리며 밥차로 다가왔다. 그들 사이에 유독 덩치가 좋은 노인이 있었다. 다른 노숙자들은 그를 슬슬 피했고 그도 자신 근처로 오는 이들에게 이빨을 드러내며 쫓아냈다.
　허연 머리는 길었고 얼굴은 검었다. 각진 턱에는 살집이 두툼했고 무서운 눈초리는 근처에도 가기 싫은 정도였다. 오른팔에 완장을 차고 있었는데 검정 매직으로 쓴 '서청'

이라는 글자가 보였다.

가만히 서 있기도 땀나는 날임에도 노인은 자기 앞을 지나치던 한 노숙자에게 달려들었다. 갑작스러웠지만 자주 일어나는 일이기도 했다.

"으그, 또 시작이네, 시작이야."

"글쎄 말이야. 한동안 잠잠하다 했더니. 으그….'

몇몇 노숙자들은 싸움판을 피해 갔지만 대부분의 노숙자들은 서울 광장에 싸움판이 벌어졌다며 신나 했다. 그들에게 오늘의 일도 놀이 구경이나 진배없었다.

"헤헤, 또 시작이구만. 재밌겠어어!"

"저 노망난 노인네는 만년필만 보면 지랄이야. 크크."

"아냐. 볼펜이고 뭐고 저렇게 생긴 것만 봐도 난리라니까!"

바닥에 밀쳐 성이 풀릴 때까지 깔린 사람에게 주먹질을 해대던 노인은 기어이 만년필을 뺏어들었다.

"니가 감히 내 비밀을 발설하려고 녹음한 거냐? 괘씸한 것."

그리고는 그 만년필을 두 손으로 쪼개는 괴력을 부렸다. 그렇게 오늘도 노인이 이겼고 둘러서 구경하던 그들은 다시 밥차로 몰려갔다.

"미친놈이 힘만 쎄가지고선⋯."

"맞어. 미친 영감이 힘은 더럽게도 쎄! 못 당한다니까."

"하루 이틀이야? 급식이나 받으러 가자고 오늘도 여선생이 직접 나오려나?"

"오고 말고 빠지는 적이 있었나!"

한마디씩 거들며 싸움 구경하던 이들은 싸움이 끝나자 다시 급식 주는 곳으로 발길을 돌렸다.

그곳에는 이미 긴 줄이 늘어섰으나 음식이 모자는 일이 없었기에 다들 크게 서두르지 않았다. 하지만 노인만은 긴 줄을 보자 달려들었고 다짜고짜 맨 앞으로 새치기해 밥을 내놓으라 소리쳤다. 그 통에 다시 싸움이 일었지만, 그곳을 관리하는 여선생이 다가오자 싸움은 금세 정리되었다. 그도 그럴 것이 줄에서 싸움하는 사람에게는 밥을 주지 않는다는 규정이 있었기도 했지만 유독 그 노인에게는 더 후한 편이라 노인도 여선생 앞에서는 비위를 맞추려 했다.

여선생은 새치기당한 노숙자에게는 웃으며 대신 사과했고 노인에게는 직접 밥을 배식했다.

맨 앞에서 신이 났다.

"나 많이 줘. 고기 많이 줘."

항상 같은 말로 급식을 타는 노인은 수북한 급식판을 보고는 만족했다.

"특별히 고기 많이 드릴게요. 또 오세요."

여선생이 살갑게 대하자 기분이 좋아진 그는 소년처럼 부끄러워하면서도 끝까지 욕심을 부렸다.

"꼭 고기 많이 줘야 해. 내가 제일 많이 먹어야 해!"

기고만장이 되었다.

매일 점심, 저녁, 밥과 진료를 무료로 제공하는 이들은 그녀를 여선생이라고 불렀다. 밥차와 배식을 주는 이들은 그녀가 운영하는 요양병원에서 나온 이들이었다. 그곳에는 의사들까지 교대로 참여해 무료 진료를 했고 병원 치료가 필요한 노숙자들에게는 그것은 물론 입원까지도 무료로 제공했다.

봉사가 끝나고 다들 돌아간 뒤에 남은 여선생은 마지막 남은 짐을 한손에 들고 끙끙거리며 걸었고 곁으로 함께 봉사하던 의사가 다가왔다.

"오늘 너무 늦었다."

그는 자기가 들고 있던 손 선풍기 방향을 여선생에게로

돌렸다.

"고마워."

고개를 숙인 그녀는 다시 잠자코 걸음을 옮겼다. 여선생이 들던 짐 가방은 어느새 그의 손에 쥐어졌다.

건강이 좋지 않은지 여선생의 걸음은 불안했고 한 손으로는 가슴을 부여잡고 있었다. 함께 같은 차에 올라탔고 그들은 그곳을 떠났다.

어둠이 가득할 때쯤 요양병원에 도착했다.

"고마워."

짧은 인사를 건넨 여선생은 병원 안으로 사라졌다. 그리고 차를 주차장에 주차하고 정원을 돌던 그는 정원에 나와 있던 환자들과 인사를 나눴다.

"멋쟁이 원장님이시네! 안녕하세요. 호호."

"언제 봐도 잘 생겼어!"

그는 원장이라 불리우며 환자들의 환심을 받았다.

오래된 이 병원은 재정적자로 폐원의 위기를 맞았고 그때 누군가에게 매각되면서 다시 운영이 재개되었다. 그때 그가 이곳 원장으로 부임했고 사람들은 그가 이 병원의 실권자이자 이사장이라는 소문을 퍼트렸다. 그리고 재벌

집 누군가가 넘치는 돈을 주체 못 해 이 병원을 인수했다는 말도 떠돌았다.

그도 그럴 것이 폐가나 다름없어졌던 병원이 넘어가면서 최고의 의료장비가 들어왔고 의사들도 일류로만 뽑았다. 더구나 외관은 물론 내부까지도 특급 호텔이나 공원같이 변한 덕에 이 병원에 들어오려는 사람들은 줄을 서게 되었다.

하지만 무슨 일인지 이곳에는 몇몇을 제외하고는 노숙자나 너무 어려워 병원 치료를 받을 수 없는 이들만 환자로 받았고 나라의 지원금 말고는 따로 환자들에게 받는 돈은 거의 없었다. 나머지는 병원에서 다 부담하고 있었다.

밤이 늦고 정원을 맴돌던 이들도 다들 안으로 들어갔다. 환자들도 대부분 잠이 든 시각 병원장은 한 병실을 향했다.

0403호, 그곳의 문을 열자 여선생이 있었다. 그리고 창가 옆 침대에는 중년의 여자 환자가 누워 있었다. 원장의 목소리를 듣고는 벌떡 일어났다.

"자기야, 왜 인제 왔어? 저년이 또 날 괴롭혔어! 저 여우 같은 년 좀 쫓아내죠. 아, 아니다. 그러면 내가 없는 곳에서 자기한테 꼬리치겠지! 그냥 여기에 꼭 묶어둬. 응, 자기야!"

"자기야, 나 더워. 저년이 나 쪄 죽이려는데 자기는 그것도 모르고…."

갑작스런 말로 원장에게 매달린 그녀는 한참 동안 어리광을 부렸다.

"경자 씨, 그만 자야지!"

원장의 토닥임이 있고서야 그녀는 자신의 침대로 가 언제 그랬냐는 듯이 잠에 빠져들었다. 여선생은 그런 원장을 한없이 쳐다보고 있었다.

경자 씨에게 이불을 덮어주고 병실을 나온 그는 아무도 없는 정원으로 갔다. 서울 중심지에서 한참 떨어진 이곳 하늘은 별들로 꽉 차 있었다.

밤바람은 시원했다. 벤치에 앉아 홀로 밤의 여유를 누리던 그의 옆으로 여선생이 다가왔다. 아이스커피 한 잔을 내밀었다.

시간이 지났고 밤은 더 깊어졌다.

여름밤 벤치에는 여선생 혼자 남았다.

오 늘

ⓒ2023 김소희

초판인쇄 _ 2023년 11월 24일

초판발행 _ 2023년 11월 29일

지은이 _ 김소희

발행인 _ 홍순창

발행처 _ 토담미디어

서울 종로구 돈화문로 94, 302호(와룡동, 동원빌딩)

전화 02-2271-3335

팩스 0505-365-7845

홈페이지 www.todammedia.com

ISBN 979-11-6249-149-2 *03810

이 책은 제주특별자치도와 제주문화예술재단의 2023년도

제주문화예술지원사업 후원을 받아 발간되었습니다.

그eju JFAC 제주문화예술재단
Jeju Foundation for Arts & Culture